もくじ

暁花薬殿物語

人物紹介

帝《みかど》・貞《さだ》顕《あき》

先帝やその子息が病で亡くなったため田舎から都へ呼ばれ、急遽帝となった。次なる東宮が決まるまでの、穴塞ぎの帝ということで、大臣たちも蔑んでいる。

暁《きょう》下《か》姫《ひめ》・千《ち》古《ふる》

下級貴族の生まれだが、急遽入内することになった。薬師を志すが、図らずも正后となってしまう。野山を駆け巡り、薬草を摘むのが趣味。

成子《なりこ》掌侍《ないしのじょう》

千古の女官。幼馴染み。
いつだって千古の無茶を
食い止めるのに全力。

秋長《あきなが》

千古の乳母子で、典侍の息子。
何でもこなす、そつのない男。
彼女を追って内裏入りした。

命婦

帝のお気に入りの猫。
残念ながら帝には
あまり懐いていない。

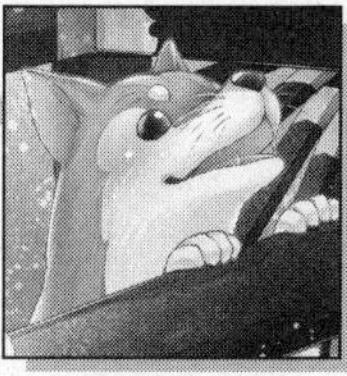

捨丸

野良犬だったところを
千古に拾われた。今は六位の
蔵人の役職につく。犬。

典侍《ないしのすけ》

千古の乳母であり、皇后にすべく
奮闘していた教育係。まるで鬼教官。

正后候補

宵上姫《しょうじょうひめ》・蛍火《ほたるび》

艶めかしく大人の色気を放つ美女。

宵下姫《しょうかひめ》・星宿《ほしやど》

めっぽう気が強く、優等生気質。

暁上姫《きょうじょうひめ》・明子《あきこ》

暁上家から輿入れした姫。
面持ち・性格も平凡だが……？

桜の大臣・橘の大臣

鬼の頭領・右近と、その右腕の
平八郎が帝より認められ任命される。

いつの帝《みかど》のことでしょう
后《きさき》に懸想《けそう》した天狗《てんぐ》がおりました
后に焦がれた天狗はその力ゆえ
部屋の隅に己が姿を現出させ、几帳《きちょう》を蹴倒して、后の御帳台の奥へと
入っていったのです
あまりのことに声をあげることもできぬまま
その場に侍《はべ》る女官たちのある者は衣をかぶり震え
ある者は気を失っておりました
天狗は御帳台の奥で后と思いを遂げました
天狗に憑《つ》かれた后はそれきり惑乱し、はしたない姿をひと目にさらし
そうして天狗に連れられて姿を消したのです

【月薙国《げっていこく》今昔物語・染殿《そめどの》后天狗惑乱の巻】

前章

月薙国《げっていこく》の年が明け——元日の深夜。

帝のおわします清涼殿《せいりょうでん》の東庭。

空は、暗い。

地上にわずかな光を投げかける月と星に見守られ、貴族や陰陽師《おんみょうじ》たちがせわしなく駆けまわり、筵《むしろ》を敷いて、筵道《えんどう》を作っている。

闇のなかで立ち働く男たちの手もとで、紙燭《しそく》がゆらゆらと揺れていた。

「こんな夜中まで、えらいもんですねえ。勤勉だなあ」

細く開いていた滝口陣《たきぐちのじん》の出入り口の戸を開け、外へと足を踏みだして、男が告げた。

滝口陣は、帝の警護を職務とする滝口の武者たちのための詰め所である。ここからは清涼殿の廂《ひさし》や、東庭の様子がよく見える。

戸に手をかけて外に出ようとしている男の名は、征宣《ゆきのぶ》。典薬寮《てんやくりょう》の薬生《やくせい》である。

彼の側によると、いつもぷんっと薬の匂いが漂ってくる。征宣は内裏の一部で「薬ばか」として有名だ。とにかくずっと医術と薬のことだけ考えて過ごす征宣は、正后《せいごう》である千古《ちふる》のお気に入りとされている。

正后が重用することもあり、彼を厭《いと》う者はいまの内裏にいない。好きだという者も少ないが、それは仕方のないことだ。

なぜなら彼は変わり者なので。

しかも邪気のない、童心のままの変わり者なのである。そのせいか、たいていの人が彼と語ると、釣られてしまって本音をするするとしゃべりだす。だから隠し事をしている者は征宣にはあまり近づかない。言いたくないことまで言ってしまいかねなくて、怖いのだ。

「滝口陣に傷薬を届けにきているあなたも、勤勉ですよ。朝になってからでもかまわなかったのに。本当にありがとうございます」

征宣から薬を受け取った秋光《あきみつ》が礼を言う。

秋光は、すっきりとした面差しの男前だ。武に長《た》けていて、気が利いて、なにかと重宝な男だけれど、唯一、軽薄なことが難点だと女たちが眉を顰《ひそ》めて噂《うわさ》している。

彼は装束の胸元に「あきみつ」とかな文字をしるした布を縫いつけている。かつて内裏にいた秋長《あきなが》という兵衛《ひょうえ》と姿形がそっくりで、よく間違われるからというのが彼の言である。

「なに、こっちの都合だ。申しつけられたときにすぐに動かないと、自分は忘れてしまいそうでな。それに年越しは、追儺《ついな》の鬼やらいをしてから新しい年神さまをお迎えしてって、みんな大騒ぎで寝るのは明け方近くになるだろう？　まだ誰か起きてるはずと思ってさ」

征宣が顔の前で手を横にひらひらと振った。

にかっと笑った顔は愛嬌《あいきょう》がある。

外に出ると、沓《くつ》の底で、踏みつけられた土がじゃりっと鳴った。

「しかし、今上帝《きんじょうてい》は、筵や絹を敷かずとも、土や砂の上を気にせず歩くお方だってのに、面倒なことさせてるなあ。無駄なんじゃないか」

かがり火のための薪を集め筵道を作る男たちを見て征宣が言う。

思いのほか、その声が強く響いた。

それまでてんでに雑魚寝をしていた滝口の武者たちの肩がぴくっと動く。

万が一、いま働いている貴族や陰陽師たちの耳に届いたらどれほど怒るかわからない。

「参ったなあ。そんなこと言っちゃ駄目ですよ。それと、みんな鬼祓《はら》いで疲れてるから声は小さくしてください」

秋光は征宣をやんわりとたしなめる。

鬼祓いとは、大晦日《おおみそか》に行う追儺の儀のことである。

方相氏《ほうそうし》という神様に扮《ふん》した者が、鬼を祓う儀式だ。

今回、黄金の四つ目の仮面をつけた方相氏に扮したのは桜《さくら》の大臣《おとど》であった。

背が高く体格のいい大臣は見た目だけで皆を圧倒した。男たちは大臣の後について、悪鬼を祓うために宮中のほうぼうで弓を鳴らした。

走りまわったおかげで、武者たちも検非違使《けびいし》たちもみんな相当に疲れている。

しかもその後は宴《うたげ》で、酒を飲んだり舞ったり歌ったりする。

さらに年が明けた途端、新年の行事の準備だ。

「声は小さくか。わかった」

神妙な顔で征宣がうなずいた。

秋光は、ついでのように、手燭《てしょく》を灯《とも》し、征宣について外に出る。

ちらりと後ろを振り返ると、滝口の武者たちは寝返りをうって、身体《からだ》にかけていた衾《ふすま》を引き上げて頭を覆った。

外に出ると夜風が、冷たい。

ぴゅっと吹きつける風に身体を細くして、秋光は小声で話を続けた。

「神事ですから仕方ないんですよ。四方拝《しほうはい》。清浄な空間を保たないとみんなが納得しないんです。縁起ものだし、こういうのはおろそかにしてはならないもんなんです。手を抜いたり、いつもと違うことをしたりしたら、あとで祟《たた》ります」

四方拝とは、帝が、年のはじめの寅《とら》の刻に天地と四方を拝して五穀豊饒《ほうじょう》を祈る行事である。

「なんとまあ、誰かさんみたいなことを言う」

征宣の言葉に、秋光は首を傾《かし》げ、問いかけた。

「誰かさんて？」

征宣が立ち止まって振り返り、ぱしぱしと瞬きをした。

「登花殿《とうかでん》の正后だよ。暁《あかつき》の下家《しもけ》の千古さま。あんたはときどきあの人に似た物言いをするから」

たしかにこれは後宮の登花殿の主——皇后千古が言いそうな言葉ではあったのだけれど。

——返事に困る。

秋光はとりあえずその言葉には応じず、征宣の手を摑《つか》んで引き寄せ、

「足もとが暗い。安福殿《あんぷくでん》までお送りしましょう」

と告げた。

滝口陣は清涼殿の北側——後宮と清涼殿の狭間《はざま》に位置している。征宣が帰るべき安福殿は南側だ。戻るには、東庭を突っ切るのが一番早いが、そうすると四方拝の準備をする男たちの邪魔になる。

征宣がうっかり変な場所を歩かぬように、自然な仕草で彼の前に立ち誘導する。遠回りになるが、一度、弘徽殿《こきでん》側に抜けてもらって、廊下に上がり、そこからぐるりと清涼殿の建物の反対側を回り込んで南に進むのが最善だ。

そうしたら——。

「妖后《ようごう》って言ったほうがいいのかな」

さらに返事に困ることを重ねて告げた。

秋光は嘆息し、征宣の肩に手をまわし、無理やり近くの廊下へと押し上げた。

「その呼び方はおやめください」

隣に並んで、ぴしりと言うと、征宣が肩をすくめる。

深夜の後宮の廊下はしんとして、すれ違う者はひとりとしていない。ただしみんなが眠りについてしまっているわけではないようだ。あちこちの部屋にぽつぽつと明かりが灯っている。

夜が明けて辰《たつ》の刻になれば清涼殿で帝に貴族たちが拝賀する小朝拝《こちょうはい》の儀がある。昼になると紫宸殿《ししんでん》に場を移し元旦の節会《せちえ》の宴がある。わずかでも横になり身体を整えておこうと思う者もいれば、寝ずに節会の宴まで過ごす者もいるのだろう。

「いいじゃないか。みんなそう呼んでる。登花殿の女御《にょうご》は妖しい力を使う妖后だって。妖しくても、施薬院《せやくいん》を作って、民の病苦の治療までしなさるんだから、素晴らしい。妖しい力だって良いことに使うなら、妖后の称号も誉《ほ》め言葉になるさ」

「はぁ」

「自分はね、妖后のことが好きだよ。あんただって好きだろう？」

征宣がにこりと笑った。屈託のない笑顔である。

「ええ、そりゃあ嫌いじゃないですけど」

「いや、好きだよ。あんた、わざわざ内裏に戻ってくるくらいなんだから、相当、好きなんだろうよ」

後ろ首を冷たい風がひやりと撫《な》でていく。

秋光は征宣の顔を覗《のぞ》き込む。

「どういう意味ですか？」

「意味もなにもない。事実の指摘。あのね、顔が似るのはまれにある。身体つきが似るのもよくあることだ。それでも人間ってのは、耳がそっくり同じってことはないんだよなあ」

「なにをおっしゃりたいんですか？」

秋光の押し殺した声に、征宣の軽やかな声が重なった。

「別に、なにも。耳まで似てるとなるとめったにないっていうそれだけなんだなあ」

「耳」

秋光は空いている側の手で自分の耳を触る。

「あんたは秋長さんだ。いや、返事はしなくても別にいい。隠してるんなら事情があるんだろうし、探りを入れたいわけじゃないんだ」

秋光は思わず目を泳がせた。

年のはじめの明け方間近——後宮のひとけのない廊下で——この男はいったいなにを言いだすのだ。

しかも征宣は、得心のいったふうな笑顔で満足そうにしている。子どもの笑い方なのだ。ほくそ笑んだり、意地が悪かったり、してやったりという顔ではない。

「なにをおっしゃってるんだか。だいたいが、あなたは、その秋長さんとやらをちゃんと秋長さんとして認識されていたんですか？　疑わしいなあ。あなたは薬や薬草の見分けはつくけど、人の顔を覚えられるような方じゃあないじゃないですか。適当なことばかり言わないでください」

秋光が半笑いで応じたら、

「顔の見分けがつかないから、わかることってのもあるんだよ。いいかい？　誰にも言ってはいないが、俺は、生まれつき、人の顔だけ覚えられないんだ。みんな同じような顔に見える。家族ですら、そうだ」

と征宣が言った。

「おそらくこれは、なにかの病気なのだろう。人の顔が見分けられない。俺はね、この病を自覚してから、人の歩き方や仕草、わずかな匂い、声の調子とそれから耳の形で近しい人を覚えるようになったんだ」

――なんだ、それは。

他の誰かがそう言ったら笑い飛ばすが、征宣だと妙に信憑性《しんぴょう》が高い。実際に、彼は「人の顔の見分けがついていない」ふるまいを常にしているので。それでも、何度か話をすると「相応に見分けてくれる」ようになっているので。

「だとしても、違いますよ。僕は秋光です」

秋光は、装束の胸元に縫いつけた布を指さし、訴えた。

が、征宣は取り合わない。

「だめだよ。人ってのは嘘《うそ》をつくとき、利き手と同じ方向に視線が動くんだ。あんた、いま、そうしたよ？　俺は、顔の見分けがつかなくて覚えられなくても、目や口の動き、表情はわかるからなあ。あんたは妖后が好きなんだ」

話が飛んだ。

「勘弁してください。相手は正后ですよ？　噂になったらどうするんですか。僕の首が飛びますよ……」

「噂がたったら、その噂を利用して別な噂に塗り替える。妖后も、あんたも、そういうことができる人だろう？」

秋光は嘆息し、首をかすかに横に振る。

「できませんよ」

「そうかい？　でもね、とにかくあんた、耳は隠したほうがいい。それだけを伝えようと前から思っていたんだよ」

それじゃあ、と、征宣は笑顔で秋光を追い越した。

「送ってくれなくても帰れるから、ここまでで大丈夫」

秋光は、

「隠せって言われても」

と、耳を片手で覆いながら、つぶやいた。

1

月薙国《げっていこく》の後宮は四殿五舎《しでんごしゃ》だ。

後宮で過ごす女御更衣は千古《ちふる》を含めて四名の女たちである。

いま後宮にいる女御は千古、蛍火《ほたるび》、星宿《ほしやど》の三名。

更衣は紅葉《もみじ》ひとりのみ。

月薙国で正后《せいごう》となれるのは、暁上《きょうじょう》、暁下《きょうか》、宵上《しょうじょう》、宵下《しょうか》の四家の姫のうちのただひとり。

此度《こたび》、正后として選ばれたのは暁下家から入内《じゅだい》した登花殿《とうかでん》の女御、千古である。

彼女は、普通の貴族の娘とはまったく違うふるまいをし、いくつかの不思議をその手でまきおこした。その挙げ句、巷《ちまた》では彼女のことを「妖后」と呼んでいる。妖しい后《きさき》だが、心根は正しく、品位もあり——顔をさらして施薬院《せやくいん》に日参し、民びとの病気の治療につとめる姿は人品骨柄卑しからず。

昨今では彼女を模した后が活躍をする物語まで書かれるようになったとか。

本来なら正后が決まった後は、残りの姫たちは里に下がるしきたりだ。が、此度は正后が決まった後も、姫たちはそれぞれに役職を得て後宮に居残ることになった。

宣耀殿《せんようでん》の主は暁上家の明子《あきこ》の女御であった。

我が身を犠牲にして貞協《さだやす》親王を産み、儚《はかな》くなった——ということになっている。実際の彼女は遠い山里で無事に過ごしているのだが、その事実を知る者は千古と帝《みかど》をはじめ、ほんの数名のみ。明子が後宮から抜けたため、宣耀殿はいま、無人である。

弘徽殿《こきでん》の主は宵上家の蛍火の女御。

才知を帝に認められ、女人ながら、紫微中台《しびちゅうだい》の役職について政治に関わることになった。

紫微中台は、かつて、皇后が政治を取り仕切っていたときに皇后の補佐をしていた役である。

麗景殿《れいけいでん》の主は宵下家の星宿の女御。

帝との婚姻はなされていないが、麗しさとふるまいの正しさは後宮の皆が知るところであり、貞協親王の養育をまかされる栄誉を得た。

女御たちの暮らす四殿のまわりに花弁のように重なる五舎のうち、四舎は無人。唯一、弘徽殿に近い藤壺《ふじつぼ》にのみ信濃《しなの》の源氏《げんじ》武者を後ろ盾とした紅葉の更衣が住む。

紅葉は信濃で帝と婚姻し腹に子を得たが、呪法によってその子を失ったということになっている。実際は違うのだが、真実を知る者はやはり千古と帝を含んでわずかの者だけ。

そして——この後宮は今上帝《きんじょうてい》とその后の千古がぎりぎりの奇策で作りだした奇跡と秘密にまみれている。

後年、月薙国の史書を編む際に、雷雲帝《らいうんてい》貞顕《さだあき》の御代《みよ》は嘘の歴史をしるされるだろう。実態とはまったく違う出来事が、まことととして綴《つづ》られる。

それで、いい。

千古たちは嘘で包んでこの国の仕組みをかえ——民のための政治を進めていこうと決めたので。

※

帝の御子が誕生し、明子姫が後宮を離れた後の、冬の登花殿——。

正后の座についた千古と、月薙国の今上帝である貞顕は御簾《みす》を掲げて並んで庭を見下ろしていた。

松の木の茶色と緑。石の白。土の黒。枯れた葉の黄色。目に見える色は寂しく、冷たい。

しかし、冬の庭は、寒々しいその表層とは裏腹に、土のなかにも樹木の奥にも次なる春の芽吹きを抱え込んでいる。

気を利かせた女官たちが帝と千古のまわりからさあっと消えた。

立てかけた屏風《びょうぶ》の向こうにも、几帳《きちょう》の裏にも、誰もおらず、本当の意味でふたりきりで過ごす廂《ひさし》の間――。

「なあ……おまえも気づいているんじゃないのか。あれは秋長《あきなが》だ」

帝が言った。

最近になって内裏に入り込んできた秋光《あきみつ》と名乗る男のことを――「あれは秋長だ」と言ったのだ。

そのうえで、千古の顔を覗き込み、彼は続けた。

「で、おまえは、どうしたい――？」

どうしたいとは、どういうことだ。

返事もできず固まった千古を見つめ、帝が飾りものみたいな笑みを浮かべた。

作り笑いのお手本のような表情だった。己の感情を押し殺し、千古が「どうしたいのか」だけを問うてくる。

──なによ、あなたそんな笑い方もできるの？

まるでちゃんとした大人じゃないか。

月薙国の帝に対して、なんてひどい感想をと頭の片隅でつけ加える。

けれど千古にとって帝は、ずっと、まだ年若い粗暴な男だったので。

周囲のことなんて考えず、思ったままのことをしでかす野蛮な男だったので。

「悪かった。いますぐに決めなくてもいい。でも、俺から言いださないとならないことのような気がしてな」

「別に悪くはない……けど……。あれは秋長じゃないって典侍《ないしのすけ》が言っていたわよ。実の息子を典侍が見間違えることなんてないと思うし」

だからどれだけ顔が似ていても、ふるまいが似ていても、秋光は秋長ではないと千古はそう思っていたのだ。

たとえ千古のすべてを見透かすようなことを秋光が言ってのけても──その言葉で胸が震えても。

「そうだな。典侍に限って、秋長を見間違うことはないかもしれない。が、典侍だっておまえに嘘をつくこともあるだろう」

「理由は典侍に聞かねばわからない。秋長が実の息子だからこそ、おまえには告げられないなにかがある、とか？」

「嘘を？　なんで？」

「どうして疑問形？　断言してよ」

我ながら理不尽なことを言っている。

帝は無言で千古に手をのばし、抱き寄せた。

千古は、珍しく、されるがままに身体《からだ》を傾け、あたたかくて大きな帝の胸に額を押しつけて目を閉じる。

帝の指が優しく髪を梳《す》き、背中を柔らかく撫《な》でてくれた。

「……そんな顔をするな。悪かった」

二度、謝罪されたなと千古は思う。

――私は、二度も謝ってもらうような、どんな顔をしているの？

自分の気持ちなのに、わからない。想《おも》いの自覚ができていない。

「……典侍が私に嘘をつくこともあるかもしれない。けど、だったら、秋長は？　あの人が秋長なら、なんで私にそう言ってくれないの？　おかしいじゃないの」

言わなくてもいいことを言っている。少なくとも「これ」は「帝にだけは」聞くべきことじゃないと思いつき――そうしたら帝の気持ちについてだけが唐突に腑《ふ》に落ちた。

人というのは不思議なもので、自分の気持ちの整理がつかなくても、他人の気持ちなら見通してしまえることがある。

「秋光が、秋長であっても、そうじゃなくても、きっとどうでもいいことよね」

言葉が零《こぼ》れた。

「どうでもよくはないだろう」

帝の戸惑うような声が降ってくる。

「ええ。私にとってはどうでもよくない。でも、あなたにとって、いま、大切なのは、真実より、私が揺れているかどうかだわ」

ぱちりと目を開ける。

帝の胸に両手を置いて、身体を遠ざけるようにして、顔を上げる。

上目遣いで帝を見ると、帝が切れ長の双眸《そうぼう》を瞬《まばた》かせ、小さく笑った。

「なんで笑うのよ」

「いや、笑うだろう。痛いところを突かれたからな」

「は？」

「あいつが秋光なのか秋長なのか――秋長だとしたらどうして嘘《うそ》をついているのか――本当なら調べるべきはそこだ。でも、俺はいま、おまえにとっての秋長がどういう存在なのかだけを気にかけている」

帝が、千古の視線を避けるように目を伏せた。己の感情を隠そうとするような弱気な仕草が彼らしくなくて、千古はつい、真下から帝の顔を覗《のぞ》き込んだ。

「あれが秋長なら、事情と思惑がある。秋長というのはそういう男だ。そうだろう？」

「うん」

「でも俺は、その事情も思惑も探ろうとはせず、おまえが〝どうしたいのか〟だけを気にして、聞いた」

「……あ。うん」

帝の頬に朱が走った。

「おまえに惚《ほ》れ込んでしまったせいで、おまえの気持ちだけが知りたくなった」

「え」

——ちょっと待ってよ。急に赤くならないでよ。

帝の照れが千古にも伝染し、頬がふわりと熱くなった。

「鬼を内裏に入れて、国の仕組みを壊して、俺たちは新しい国を作ろうとしている。さて、引きこんだ鬼の思惑は、俺が願っているものと同じかどうか。策略がないのかどうか。それに秋長——というか秋光が、からんでいるのかどうか。いま憂慮すべきは、そこなのに」

「そうね」

帝は、千古の頭に手を置いて、もう一度、懐に巻き込んだ。

胸に押しつけられたせいで、また、帝の顔が見られなくなる。

「おまえが思っているよりずっと、俺はおまえを愛《いと》しく感じている」

「……はい」

話が飛びすぎなうえに、唐突で熱烈な告白である。

動転し、千古は殊勝にうなずいてしまった。

同意してどうする。

「あ……でも、どうして？」

顔も見られないまま、抱きしめられた状態で、理由を聞いてどうなる？

「おまえが側にいなければ、俺はなにもできなかったから。なによりおまえは飽きないし
——目が離せないし——かわいいし——つまり、かわいい」

帝は帝で、素直に理由を答えて、どうしたい!?　しかも二回かわいいって言った!?

「……とはいっても、俺を助けてくれたのが、おまえだけじゃないこともわかっている。

おまえと——成子《なりこ》掌 侍《ないしのじょう》や典侍と——秋長と」

成子掌侍や典侍と——秋長と。

「みんなに恩義がある。信頼もある。今回のこれも、相手が秋長じゃなければ、邪魔だと
言って、斬り捨てて決着をつけ、終わる話だ」

「……物騒なこと言うなあ」

呆《あき》れて、また、顔を上げようとしたのに、大きな手が千古の後頭部を柔らかく押さえつけているものだから、身動きできない。

「なにをいまさら。俺がいままで物騒じゃなかったこと、あるか？」

「ない、ね」

開き直られた。

「どっちにしろ、いますぐ決めろっていう話じゃないんだ、まめ狸《だぬき》」

柔らかく、優しい言い方。実をいうと千古は、彼に動物扱いされるのは嫌いではないのだ。最初は「失敬な」と思っていたが、ものすごく好かれているのが伝わってきてからは、この愛称に甘さを覚えている。内緒だけれど。

「おまえの心が揺れないように縛りつけることも考えた。俺にとっては、そのほうが、らくだ」

「らくって……」

「でも、おまえは空を自由に飛んでいきたい鳥だから、縛りつけたら心が死ぬだろう？大きな籠《かご》を用意してみせても、賢い鳥は、籠の向こうに広い世界があることを忘れない」

嫌な含みを持たせていないから、鳥に喩《たと》えられても嫌じゃない。

抱きしめられて互いの香りと体温が混じりあう。人間同士は言葉でわかりあうべきものなのに、どうしてだろう――耳から届く言葉より、触れる肌や、抱擁されることのほうがときどきとても雄弁になる。

「全部ひっくるめて、どうしたい？　おまえの夢は、伝説の青嵐女史《せいらんじょし》とやらと同じように円満に致仕して後宮を離れることらしいが――そうしたいなら、それでもかまわない。おまえがもし望むなら、秋長と共に空に飛び立つことができる」

「なんで秋長と共に」

千古の声は帝《みかど》の胸にぶつかって、くぐもった。

「そこは俺の秋長に対する嫉妬だ！」

「嫉妬……なんだ？」

素直か!?　今日の帝は頭から足の先まですべてが素直なのか!?

「……おまえにはそういう未来もあるのかと思ったから。それに、おまえもあれが秋長だと疑ってるんじゃないか？　違うと思っているなら、笑い飛ばして、俺の言葉を即座に否定するはずだ」

息がつまった。

人というのは、どうして――と再び思う。

どうして、他人の気持ちにだけ聡《さと》い瞬間があるのだろう。

千古が帝を見抜いたように、帝も千古の気持ちを見抜いている。

——私、秋光が秋長かもしれないと思ってる。

　もし秋長でないとしても、千古の感情を揺さぶる相手だとわかっている。

「ここを出ていくことがおまえの望みなら、君主である俺に預けてくれたその身体を、おまえ自身のものとして返す」

帝が淡々とした言い方で続ける。

己の地位を使って千古の円満離婚と致仕の夢を叶《かな》えることができる、と。

「だからおまえは、好きなところに、好きな相手と一緒に、飛んでいけばいいんだ。ここにいてもいいし、外に出てもいい。俺は、おまえたちのおかげで名実ともに帝となれた。おまえは自分のために、帝としての俺の力を使ってくれ」

千古に惚れ込んでしまったといいながら、帝は、最後のところで千古を突き放す。

自由になっていいという言葉は、選択しろという意味で、そのまま鋭い刃になる。

千古は、腕のなかでじたばたと暴れ、顔を上げる。

──私、いま、きっと頼りない顔をしている。

「そういうの、困る」

「困るって、なにが」

「なにがっていうわけじゃ、ない、け」

……ないけれど。

という言葉は、帝の唇でふさがれた。

ふ、と全身の力が抜けた。

後頭部に帝の大きな手をあてられる。

ゆるく支えて、唇を触れあわせ軽く吸う。

それだけで身体がくたりとほどけていく。

頭の奥がじんと痺《しび》れ、なにも考えられなくなった。

千古は、男女の睦言《むつごと》のすべてに不慣れで、疎いのだ。

そもそも千古と帝は、いまだ身体を重ねたことがないのであった。

触れた唇が遠ざかる。ぼうっと見つめると、帝が千古の頰に手を添える。ざらりと荒い指先が千古の肌をなぞって、離れる。

「いまの……なに」

問いかけたら、

「俺なりの無駄な抵抗だ」

と返された。

口づけで話を中断するなんて、ひどいと思う。それと同時に、こういうときだから無理にでも益体のない言葉を閉じ込めて封じて欲しいと願う気持ちもあった。

困っているのは、自分で自分のこの先を「これだ」と断定できない千古自身のずるさゆえ。

ずるい心を暴露しなくていいように、接吻《せっぷん》で封じ止めてくれたのは帝の優しさ。

わかっているのに聞いてしまったら——「無駄な抵抗」という予想外の返事だったので首を傾《かし》げる。

「無駄だったの？」

「無駄じゃないっ。必要だった。少なくとも俺には」

「必要だったの……」

「必要だった。……まったくおまえはっ、なにを言わせる」

「あなたが勝手に言ったんじゃないの。言わせてないよ？」

ずるさとか、優しさとかそういうのですらなくて——必要だから無駄な抵抗をしたと言われても。

言われても……？

互いに頬を赤らめて、小声で、近い距離で文句を言いあうのはどうかと思う。くすぐったいような甘さと、焦《じ》れったさに胸が震える。

なにをやっているのだ自分たちは、いったい。

「おまえに鬼と秋光とのことを調べさせると、危ないから、動くなよ。俺だって嫉妬しているし言うくらいだから、なんらかの手は打つ」

「手を打つって、なに？」

「おまえが俺に惚れ直してくれるような采配を」

「そんなことできるの⁉」

咄嗟《とっさ》に言ったら、さすがに帝が傷ついた顔をした。

しゅんとした目で、

「できないかもしれないが、がんばる」

「がんばるの……？」

「秋光と、桜《さくら》と橘《たちばな》の鬼に関しては俺が調べる。しばらく俺にまかせてくれ」

ついでみたいにして、最後にとってつける。

「私が調べてもいいのに」

と、つぶやくと、

「やめれてくれ」

帝が唸《うな》った。

「……はい」

うなずいたのは――どう考えてみても千古は秋光が秋長であるかどうかを調べたいわけではないなと自覚してしまったから。

そもそも千古の気質なら、気になっているならとっくに動いている。ずっと放置して、考えないようにしていたのは――いまは真実を知りたくないということ。

――っていう、私の気持ちもわかったうえで、帝はこの話を持ちかけて、自分で動くって言ってのけたのよね？

だったら、うなずくしかないではないか。

計算にしろ、天然にしろ、千古はとにかく帝にいいように翻弄されている最近だ。

「施薬院の仕事があるんだから、おまえにそんな暇はない。それに鬼についてはこっちはこっちで事情があってな」

「事情？」

「陰陽寮《おんみょうりょう》が、俺が天狗《てんぐ》に祟《たた》られる怖《おそ》れがあると言い立てている。箝口令《かんこうれい》を敷いているが、そのうち〝天狗の祟り〟の話は内裏に広まるだろうな。いまはまだ、陰陽寮は、俺に、あっちにいくな、こっちにいけ、そこから動くなと、毎日、行動の指図をしてくるだけだが……」

「天狗っていうと……？」

桜の大臣《おとど》は、かつて天狗鬼と呼ばれる鬼だった。

ただし千古たちを除いて、内裏の誰も、彼が天狗鬼だったことは知らないのだ。鬼であることだけは知ってはいたが。

そうでなければいくら帝と高僧の力があったとしても殿上人になどなれるものか。彼らは都で貴族たちから盗みを働き貧しい民に配布していた。民から見れば英雄で、貴族たちから見れば、犯罪者たちだ。

「つまり、誰かが桜の大臣の過去を知って、陰陽寮に〝あえて〟その占いをさせて桜と橘の大臣たちに揺さぶりをかけているかもしれないってこと？」

月薙国の貴族社会では、祟りとか呪詛《じゅそ》を持ちだして噂《うわさ》を流すことで、人を追い落とす。

「わからん」

「わからんって。そんなあっさり思考を手放さないでっ」

思わず強く言いきった。

千古の勢いに、帝は「お⁉」と目を丸くする。

「いや、いい。ごめん。そういう暗躍は、私の役目だったね」

すぐに千古はそうつけ足し、帝のぶんも頭のなかでぐるんぐるんとさまざまな可能性を考えだした。

揺さぶりたいのは、桜と橘の大臣か。

「陰陽師《おんみょうじ》たちって、力のある僧侶や、退位した帝を〝天狗〟にしたがるのよね。あなたを退位させるつもりなのかしら」

「まだ退位はしないと思うぞ。やることはたくさんあるし、最近は西の海賊の対応に追われている。難破した船を調査して、異国の技術を解析し、丈夫な船を造らせている。あれは、俺以外では難しいだろう。都のみんなは船に詳しくないからなあ」

「むしろあなたは船に詳しいの？」

「詳しいに決まってる。俺は海辺育ちで漁師に揉《も》まれて生きてきたんだぞ？」

さっきまでのふわふわとしていた熱が冷めていくような、そんな会話である。

「とにかく」

と、唐突に帝《みかど》がそう言って、話の流れを天狗の話に引き戻した。

「とにかく——退位はしない。俺は、陰陽寮の言いだした祟りにかこつけて、桜と橘ともう少し話し合い——そのついでに、秋光と彼らの出会いについても探りをいれる」

「それってどう考えても私向きの案件だよね。祟りとか呪詛とか陰陽寮とか天狗とか鬼とか」

抱きしめられている場合ではなくなった。やることが多い。

そうしたら、帝が「向いてない」と、低くうめいた。

「向いてない？　向いてないわけないでしょう。私、妖后《ようごう》なんだけど!?」

「妖后だからなんだっていうんだ。おまえはなにをさせても無茶がすぎるから、だめだ。絶対にだめだ」

「無茶した結果が妖后なんだよ？　やるべき無茶をやり続けてこその、私とあなたでしょう。私たちなら、きっと、できる」

むきになって言い返したら、帝が、苦い虫を百匹かそこら一気に口に放り込んだような顔をする。

「いいことみたいに言うな」

「いいことだよ？　少なくとも私にとっては。あなたと私ならいろんなことができると思ってる」

「……そういうところが……怖いんだ」

「怖い？」

なにを言っているのだと下から顔を覗《のぞ》き込むと、帝の口のなかの苦い虫はさらに倍増している。なんともいえない渋面で、

「天狗にも、天狗の噂にも関わるな」

とだけ告げた。

なにが怖いかを彼は言わない。

そのかわりのように、千古を抱きしめる腕の力が、増した。伏せたまぶたの上の長い睫《まつげ》がわずかに震えた。

そのせいで、千古は、自分を抱きしめている、なにひとつ怖いものなんてないような傲

岸不遜な男に「なにが怖いのよ」と聞くのをためらってしまった。

「秋光と、桜と橘の鬼に関しては俺が調べる。調べて、わかったことはちゃんとおまえに伝えるから、頼む。なにもするな」

と念押しまでしてくる。

――なにもしないなんて、私にできるとでも？

できないと、自信を持って思ってしまったので返事はしなかった。

答えない千古に、帝が、重たいため息を押しだす。

「そのかわり、じっくり考えろ。おまえがどこに、いきたいか」

――私がどこに、いきたいか？

互いに同じ未来を見て、自分たちを縛りつける慣習の鎖を断ち切り、閉じ込める籠《かご》を壊すことに尽力し、並び立って過ごしてきた。

このまま、まだしばらくは共に歩いていくものだと信じていたのに、突然、違う道を進んでもいいとか、空を飛べとか言われても途方に暮れる。

入内《じゅだい》したときはここから離れることを夢見ていた。

その夢が叶《かな》う未来を示唆されたのだから、喜んでいいはずなのに、有頂天にはなれなかった。

頼りなく感じる自分の胸の底を覗き込めば、そこにあるのは混沌《こんとん》と渦巻く、整理不明の感情だけだ。

だから結局、千古は、

「わかったわ」

と、そう返事をした。

わかってもいないのに、言ってしまった。

「そういうことだ」

――どういうことなのよ⁉

帝はなにがどうつながるのか不明な言葉で語らいを終え――その日はそれきり清涼殿へ戻っていった。

さすがに「この先を選べ」ということを告げてから、肌に触れないまでも、千古と同室で眠りにつくのは「ない」と判断したのだろう。

千古はというと、風情のある佇《たたず》まいで登花殿から去っていく帝の姿を、御簾《みす》を掲げて見送ったのだった。

2

元日の深夜――耳を隠せと言われて、秋光《あきみつ》は、征宣《ゆきのぶ》の後を追いかけた。

征宣のことだから、人に問われたらきっと「秋光は秋長《あきなが》ですよ」と言うに決まっている。問われない限り自分から言いだしそうではないのだけれど。

だから、放置してはおけなかった。

闇のなか、すたすたと歩いていく征宣の背中に追いすがり、袖を引く。

「うわっ」

と声をあげて、征宣が足を滑らせた。

まさかそんなに驚くとはと、後ろに倒れかかる征宣の身体《からだ》を片手で抱きとめる。

征宣は、ことりと、後頭部を秋光の肩に乗せ、

「ああ、ありがとう。あんたがいてくれて助かった」

と秋光の顔を下から覗き込む形で、笑みを浮かべた。

秋光に袖を引かれたせいで転びかけているのに、反射的に身体を支えると「助かった」

と笑う。なんて素直な男なのだろう。

つくづく憎めないと、秋光は思う。

上に掲げた手燭《てしょく》の明かりが、征宣の顔を淡く照らしている。

「あなた……さっきの話を僕以外の誰かにしましたか」

声を潜めて秋光が聞いた。

「さっきの話って？」

不思議そうにしている征宣の背中を押して、しゃんと立たせる。

「秋長という男と僕が似ているという……」

廊下で話して、誰かに聞きとがめられてはとあたりを見渡す。

とりあえず他に人はいないようだ。

「ああ、あれか。いや。話す必要がいままでなかったから話してないよ」

「ではこのまま誰にも言わないでください。頼みます。人に聞かれても、あなたの推理を披露しないでください。僕は秋長ではないのです」

「ないのかい？」

「ないんですよ」

「でも耳が……」

言い募ろうとするのを大声で否定した。

「ないんですよ!!」

「どうして?」

ここで「どうして」と聞いてくるのか。

頭を抱えたくなったが、相手は征宣なので仕方ない。

無言になった秋光に、征宣が首を傾《かし》げる。

「だって、あんたがあの人のために戻ってきたのなら、その気持ちはわかる。別に隠さなくていいじゃないか。あんたが生きて戻ってきたら、あの人もきっと喜ぶよ。どうして言わない?」

そういう意味の「どうして」か。

答えられない秋光に、征宣が続ける。

「ああいう女性はめったにいない。俺と話が合うんだよ。薬についてだって、医療についてだって、何時間でも話ができる。一緒に夢を語れる相手だ」

と言ってから征宣は慌てた顔になり、

「あ、便宜上、ああいう女性はめったにいないと言ったけれど、ああいう男性だってめったにいない」

と言葉を重ねる。

「男女問わず、いままで出会えのはたった三人。特別だ。男とか女とか小坊主だとか、そんなのはどうでもよくて――あの人とは夢の話ができるんだ」

「夢の話？」

「夢みたいな夢じゃない。寝て見る夢でもない。目を開けて、地に足をつけて、手を泥で汚して、自分の手でつかみたい夢の話だ。俺にだってあるんだよ、夢が。俺は薬と医療をとことん突き詰めて、知識を得たい」

「ああ」

そうだろうなと秋光は思う。

征宣はそういう夢を抱いているのだろう。

「それでもって、登花殿《とうかでん》の女御《にょうご》は、薬と医療の知識を得て、それを他人のために使いたいって言っている」

「ああ……」

そうだろうと、それにも秋光は同意する。

正后《せいごう》は、夢を思い描いて必死に手をのばす、そういう人だ。

――目を開いて、地に足をつけて、手を泥で汚して、心を傷つけながら、がむしゃらに進んでいく、そういう女性だ。

見ていれば、わかる。

「見果てぬ夢を見て語り合える相手はそうそういない。そんな相手のためになら、戻ってくるだろう？　だからあんたも戻ってきた。違うかい？」

「ですから、それは違うって……」

征宣は秋光の話をまったく聞いていない。

「さっき話した三人ってのは、遠くに修行にいくと言っていなくなった小坊主と、それから死んでしまった姫大夫《ひめもうちぎみ》と、いま登花殿にいる妖后だ。知識だけじゃなく背格好も歩き方も体重の移動の仕方も全部が似てる」

また話が飛んだ。

――男女問わず、いままで出会えのはたった三人。特別だ。男とか女とか小坊主だとかそんなのはどうでもよくて、と征宣は、言っていたな。

征宣が、見果てぬ夢の話ができる三人の話をしているのか。

だがそれは――もしかして同一人物ではなかったろうか。

登花殿の暁下《きょうか》の女御――千古《ちふる》姫。

いまは正后であり、妖后《ようごう》と呼ばれている彼女が変装した姿だったような記憶がある。

案の定、

「似てるっていうか同じだったんだなあ。この三人とも、耳も同じで、つまり同一人物だったんだ。正后は、変装して歩いていたんだよ。いいねぇ。やる気だねぇ」

と征宣が続ける。

なにがどう「いいねぇ」なのかは不明だが、征宣が感心しているのは伝わってきた。

「きっと外歩きをするために変装したんだとぴんときたね。なんでか地位のある女たちは人前で顔を出すのがはしたないこととされているから、女御になってしまったら、薬草を採りになんていけないだろう？　だから知恵を絞って、こっそり出歩いていたんだ」

きらきらとした顔で征宣が言う。

「そういうあの人と、俺は、同じ夢を語ったわけだ。だからさ、俺だって、都から引き離されても、あの人のところに戻ってくるさ。あんただって同じだろう？　俺は、あんたが戻ってきたところでおかしくはないと思ったさ。で——どうして、それを隠すんだい？」

子どものような素直な言い方で聞いてくる。

その聞き方があまりにも純朴すぎたから——秋光は、口ごもった。

「どうしてって……」

——どうしようも、ないから。

答えが勝手に心の内側に、落ちていった。

ただし、内心で思うだけで、口に出せない。

「僕が秋長じゃないっていうのは、嘘《うそ》じゃないんです。本当に、昔のままの秋長じゃあないんだ」

口に出せない言葉のかわりに、零《こぼ》れおちてきたのはそんな弁解だった。

誰にも話さないままいようと決めていたのに、つい、口走ってしまったのは——誰にも話さないと決めていたけれど、そろそろ誰かに話したかったから。

相手が征宣なら仕方ない。この変わり者の男には、みんながうっかり、おかしなことを口走る。秋光だけじゃない、みんなが、そうなのだ。

「昔のままじゃない、とは？」

「たぶん僕は秋長だったんでしょう」

他人事《ひとごと》のような言い方だった。

自分のことなのに、いまだにどこか他人事なのだ。

「僕は、信濃《しなの》で九死に一生を得て……村人に助けてもらって……しばらくのあいだ、記憶を失っていたんです」

とある女性が秋光を河原から拾い上げて、怪我《けが》の手当てをして、休ませて、食べさせてくれた。

彼女に名前を問われたときに自分の名前だけはぼんやりと思いだせた。少し考えてから「秋光と呼んでください」とそう言った。

秋長ではなく——秋の光にしたいと思ったのは、目覚めたときの光景ゆえだ。

寝かせられていた小屋は、隙間風がぴゅうぴゅうと通り、雨漏りもした。あちこちに小さな穴があいていて、天気のいい昼は、寝ていると、日の光がちらちらと壁や床で踊っているのが見えた。

小屋のあちこちで踊る小さな光が、綺麗《きれい》だと思ったから。

——秋光と、そう名乗ったのだ。

秋光は、起き上がれるようになってすぐに屋根と壁の補修をした。零れ落ちる光が綺麗であっても、隙間がないほうが住みやすい。

そうしたら、助けてくれた女性が本当に嬉《うれ》しそうに笑ってくれた。

ありがとうと数え切れないくらい言ってくれた。

だから——彼女の側で、秋光として、信濃で生きていってもよかったのだ。

「記憶がなかった。なるほど。それですぐに戻ってくることができなかったっていうわけか」

征宣が納得する。

「ええ。信濃で僕を助けてくれた村人たち——鬼の住《す》み処《か》といわれるような土地で、僕は、新しい名で生きていた」

僕は秋光なんです。

秋光以外の者として、ここに戻ってきたわけじゃあないんですと小声で告げる。

「この国を住みやすいものにしたいと桜《さくら》の大臣《おとど》がそう言って――それで僕は、引きずられて来たんです」

いや、引きずられて来たわけではなかった。

鬼の側に立つつもりの覚悟を決めて、来たのだった。

自分を救ってくれた人たちのために。

「立場は鬼で、心は民びとで――僕が桜の大臣たちの手足となることでみんなの暮らしが変わるならって思って都に来たんです。ですから――秋長という男と僕は別人なんですよ、たぶん」

たぶん。

「だいいち、都での生活は、いまだにところどころしか思いだせていないんですよ。母のことも、うすぼんやりとしか思いだせない。僕の頭の中身は秋光のままで、秋長じゃあないと思います」

典侍《ないしのすけ》に会った途端に「ああ、母だ」とわかりはしたが、それだけだ。

声をかけられるかと思ったが、典侍は秋光を初対面の相手として扱ってくれた。どういう思惑でそうしたのかは、秋光には、わからない。

おそらく秋光が「母だ」と感じた瞬間、典侍も秋光を「息子だ」と感じたはずだ。しかし、典侍は、正体を明かさない秋光の素姓を聞こうとしなかった。

——そういうところは〝自分の母だ〟と感じたなあ。

逆の立場だったら自分もそうしたと思ったのだ。相手が自ら言いだすまでそっとしておく。

それでも、典侍はいまでもときどき、ふたりきりで会うと、秋光に「どうしたいのか」というようなことを、なにかにつけて問うてくる。

それから「断られるような申し出はしないし、折れる橋は渡らない臆病者だったあなたはもういないのですね」と、ふいに言われたこともある。いつもふたりきりのときのことだから、どう考えても、かつて秋長であった自分に対して、いろいろと思うことがあって告げているのだろうと伝わった。

典侍は、言った。

『あなたがどんな無茶をしでかしても覚悟があるのなら止めません。ただし私はなにがあっても姫さまのお側《そば》にいます。そして姫さまがなにを選ぶかは姫さまの意志』

と——。

それは鬼の側に与《くみ》して戻ってきた秋光と、貴族である正后とのあいだのことを示唆しているようにも聞こえるし——それ以外のなにかを示しているようにも聞こえ——。

『けれど私は、あなたのことも幸せであれと祈っておりますよ。あなたは、もう、保護すべき子ではなく、ひとりの男として私の前に立っている。好きなように生きていきなさい』

きっぱりと言ってのけた典侍の目に、涙が滲《にじ》んでいた。

そういえば彼女は泣かない女だったと、そのときに、思いだした。母親というのはよく泣くものだと漏れ聞くが、典侍は、めったに泣かない。落ちそうで、落ちない涙が、ひどく懐かしいものに感じられた。

ふと心を過《よ》ぎったのは幼児《おさなご》であった自分が転んだ折に、母が手をのばして抱きかかえてくれたときの懐の柔らかさ。大きなものに包まれて、頭を撫《な》でられたときの安心感。さらに、問答無用で膝小僧の擦り傷に水をかけ、染みて痛がるのを静かに叱りつけたときの声音と言葉。

『痛くても我慢なさい。こうしたほうがちゃんと治るのです』

——間違ったことは言わない、怖い母だった。

その母が、いまもまた、記憶を欠けさせた秋光の前に立ち、問うのである。

『あなたは、どうしたいのですか』

その度に秋光は「さて、自分はどうしたいのか」と自分の胸に聞いてみた。

——僕を助けてくれた信濃の村の人たちが暮らしやすくなれば、それでいい。

まず、浮かんだのはそれだった。

民びとの暮らしぶりがよくなるような政治を国がしてくれているかどうかを確認したい。

都まで来て、政治が腐敗していたら是正するし、力尽くで反乱を起こすのでもいい。

これは、秋光が属していた鬼側の心持ちで、秋光も同意している。

でも――〝自分自身〟の気持ちがどこに向かって「どうしたいのか」まで深く考えていくと……。

――僕がなにを望んでいるのかというと……。

征宣は、沈黙した秋光を不思議そうに見る。

「あんた、秋長さんだった頃と同じくらい、貴族らしくふるまってるけどねえ？　それもやっぱり、同じ人だと思わせる鍵だ。遠い村で畑を耕していた男は、あんたみたいに優雅なふるまいはできないよ？　あんた、こないだ、誰かに乞われて笙《しょう》を吹いてたよね」

「ああ」

女官に言われて、興が乗って、吹いた。

鳴らないかと思ったら、鳴ってしまったうえに、びっくりするほど上手《うま》かった。女官たちは賞賛したし、まわりの男たちも「おまえはなんでもできるんだな」と目を丸くしていた。

「それが、おかしなもので、貴族であったことは身体《からだ》が忘れてないらしい。勝手に動いてくれるんです。きちんとしたお辞儀の仕方や、楽器に舞踊、和歌も作れるし、字も書ける」

貴族として生きていけそうな、たいていのことを知っている。教わらずともできてしまう。

かつての自分自身の記憶を崖の下に落とし、すべてを取り戻せていないのに——貴族の嗜《たしな》みだけは身体に染み込んでいたのであった。

「どうしてか貴族の嗜みを覚えている僕の存在に気づいた桜の大臣が——僕のことを無理やり自分の側に引きずり込んだんです。使える男だと思ったんでしょう。実際、僕は、いやになるくらい使える男なんですよ」

でも。

だからこそ。

「僕は秋光なんです。秋長という男のことは、忘れてください」

頼み込んだら、征宣がゆっくりと瞬《まばた》いて、

「わかった」

と、そう言った。

本当になにかがわかったのだろうか。

ときどき人は、なにひとつわかっていないのに「わかった」と言うから、信用ならないのであった。

※

年が明けた、一月一日――。

もう、春だ。

夜明け前に清涼殿《せいりょうでん》で四方拝《しほうはい》の行事が行われ、場所を移して宴《うたげ》の場――。

紫宸殿《ししんでん》の庭には舞台がしつらえられ、童たちが舞っている。

千古は、成子《なりこ》掌侍《ないしのじょう》と並んで紫宸殿の奥の間に座り、立てかけた几帳《きちょう》の陰からみんなが舞い踊る様を眺めていた。

冬のあいだに「わかったことは報告する」と帝《みかど》は言った。

けれど、以降、帝は千古にこれといった真相を知らせることもなく、年が明けてしまったのであった。

――問《と》い質《ただ》したりしないあたり、私も、私だ。

ずるいところに落ち着いたなあと、千古は我が身の情けなさに苦く笑う。

「千古さま、さっきからため息ばかりですが、いったい？」

成子がこそっと聞いてきたので、その頬に手をのばしむにっと引っ張る。

相変わらず、よくのびる。成子の頬の手触りは、千古の精神安定に効能あり。

頬をつままれた成子に控え目にそう言われ、ぱっと、手を放す。

「やめてくらはい……」

「ごめん」

「はい」

成子が「どうしようもないなあ」みたいな顔で、笑って、

「なにを悩んでいらっしゃるかわかりませんが、成子はいつでも千古さまのお側におりますよ。なんでも命じてくださいませ」

と優しい顔でささやいた。

「なにを悩んでるってわけでもないけど……」

突き詰めるといまの千古の悩みの大本は、恋の悩みである。

いままでずっと祟《たた》りだ国の行く末だ呪詛《じゅそ》だと悩んでいたことに比べると小さいようで、案外、大きいというか途方もないというか――。

――ずっと思い描いていた理想の仕事と、恋愛のどっちを取るかということ、のはずなんだけど。

帝は千古に「誰と飛んでいくか」を聞いてきたし、秋長かもしれない秋光に嫉妬もすると言っていた。

――秋長かもしれない秋光と、薬草に纏《まつ》わる仕事と夢と、帝と一緒に后《きさき》として生きてい

く未来のどちらを選ぶか、か。

考えてみると、比較対象が、多岐にわたっているし、選択肢がふたつじゃなかった。

──仕事は、施薬院《せやくいん》でできるようになったのよ。

なのに自分は帝に「あなたを選ぶ」と即答しなかった。だから帝は千古に「待つ」とそう言った。

なんだこの状況は、と自分に問う。

これに関して、胸の内側に問いかけてみたものの、自分自身からの返事は、ない。どういうていたらくか。ぐだぐだである。

「ねぇ、成子は、好きな人できた？」

思いついてそう聞くと、成子の頬が真っ赤になった。

ぽわっと目元を染める成子に、千古も動揺する。

「……え。そんな顔するっていうことは、いるの？　ねぇ、誰なの。私以外にあなたのことを虜《とりこ》にできる人間がこの都にいるというの？　おかしな相手じゃないでしょうね。一回、連れてきなさいよっ」

つい、早口で問い詰めてしまう。

「千古さま、落ち着いてください……。そんな大きな声で言わないで。内緒なんですから」

成子が小声でささやいたが、落ち着けるものか、この話題。

「落ち着けないわよ。内裏の男、ろくなもんじゃないじゃない。どのろくでなしが、私のかわいい成子に和歌を詠んで渡したの？」

内裏の恋は和歌のやりとりからはじまることになっている。そこから地道に文のやりとりなどを経て、やっと対面ということになるのだが——女官仕事をしていると、あちこちかけずりまわっているので、そこを省略していきなり口説きだす不埒者《ふらちもの》もいると聞く。

「詠むような人じゃないんですよ」

成子がもじもじとうつむいて、つぶやいた。

「え？」

「和歌を詠むような人じゃないんです。文はもらったことがあるんですけど」

一瞬で、自分の恋愛沙汰が吹っ飛んだ。吹っ飛ばしていいようなものではないが、成子の恋のほうが一大事だ。どこの不埒者が和歌を贈らずに、成子と恋を語っているのか。大丈夫か、その相手。

女官相手だと、貴族の姫と違って、手順を踏まなくてもいいのだと決めてかかった鼻持ちならない男の可能性もあるのだろうか。

そんな男にうちの成子を渡せるものか。

千古の鼻息が荒くなる。

「変な男にかどわかされたりしてないでしょうね。場合によっては私と典侍《ないしのすけ》でその男の根性をたたき直してやるけど」

若干、殺意すら感じられる類《たぐい》の押し殺した声になった。

「やめてください。そういう人じゃないんです。それに、きっと……千古さまならわかってくれる相手です。和歌は詠めないけど、千古さまと気が合いそうな……人で」

「和歌を詠まない男なんて内裏にいる？　いるか。いるな。桜の大臣《おとど》!?」

まさか――。

「違いますっ。あれは、ないっ。あんな趣味は、ないですっ」

目をつり上げて即答されたので「はい」と応じた。

それはよかった。よかったと言われたら桜の大臣に怒られそうだが。

「もう……。だから、嫌だったんです。千古さま、すぐ騒ぐから。ご自身のそういう話ははぐらかすくせに、成子の話だけ根掘り葉掘り聞こうとなさるの、よくないです」

「だって……心配だし」

と言ってみたが――それは、そうだ。

自分と帝の恋愛沙汰については、はぐらかしてばかりなのに――成子の恋愛話を問いつめたいのは、よくない。だいたいなんでも成子の言い分のほうが正しいのが、ふたりの仲である。

「きっと千古さまは、私の好きになった人のこと、好きですよ。なにせ私がその人が気になった理由は、千古さまにすごく似てるなって思ったからなんですもの。好きなものとか、やっていることとか、夢中になったらそれしか見えない子どもみたいなところとか」

「私に……似てる男なんて内裏にいる!?」

また声が大きくなり、成子が唇の上にひとさし指をのせ「静かにしてくださいませ」と上目遣いで、ささやいた。

「落ち着くべきところに落ち着いたら、ちゃんとお伝えします。もし成子が相手のかたに振られて泣くことになったら、ちゃんと慰めてくださいませね」

ぽっと頬を赤らめて、にこりと笑ってそんなことを小声で言う成子の愛らしさに、千古は悶絶《もんぜつ》しそうになった。

「いまは、女童《めのわらわ》たちの愛らしい舞いを楽しみましょう。ね?」

と、成子が庭に視線を向けた。

「でも」

と言いかけて、言葉がそこで止まる。

なぜなら成子の横顔が、きっぱりと「ここでおしまい」と告げていたから。

柔らかいけれど、踏み込みがたい威厳を漂わせ、成子は女童たちの舞いを見つめている。

最近の成子は、ときどきこんなふうに、相手をとまどわせるような気品の高さを見せつけるようになった。

前に成子にそう言ったら「千古さまのかわりに后の身代わりで留守番をし続けた賜《たまもの》ですよ」と困り顔で笑っていた。「とにかく千古さまのふりをして、他家の女御《にょうご》たちや、貴族たちと渡り合うのは大変だったんですからね」と拗《す》ねた口調で唇を尖《とが》らせるときは、いつもの成子で――。

その様子が愛らしいし、いろいろと面倒を押しつけてきた自覚があるので、千古は最終的に成子にはなにも言えなくなる。

いまも――そう。

これ以上は聞かないでと成子に言われると「はい」とうなずくしかないのだ。

仕方ないから千古も顔を庭に向けた。

巫女《みこ》姿の童たちの奉納の舞いの愛らしさに、興に乗った公達《きんだち》が笙《しょう》や琵琶《びわ》を手に取ってつま弾きをしだした。

男たちは、和歌を詠んだり、自分たちも舞台に上がって舞ったりと、これから夜更けまでずっと宴席を楽しむのである。

後宮の女御たちもそれぞれの部屋の女官たちを引き連れて、紫宸殿に場所を設け、正月を寿《ことほ》いでいる。

「なんだかんだで、年が明けたわけよね」

と、千古は、咳払《せきばら》いして、話を変えた。

ずっと沈黙していると、成子の相手は誰なんだといろいろと考えてしまいそうなので。

「明けましたね」

成子が相づちを打つ。

さっきまで赤面していたのに、いまはもう平然としている。成子曰《いわ》く、こういう切り替えの早さも、身代わり正后《せいごう》として留守番をまかされた賜らしい。

「正月用の粥《かゆ》もとうとう炊かれてしまったわね」

千古は周囲に視線を配りながら、小声で続ける。

登花殿の女官たちが、千古のまわりにはべっている。各々の前にご馳走《ちそう》の載った膳が用意されているが、女官たちはみんな目配せをするばかりで箸をつけていない。

当然、成子との会話もみんなの耳に入っているような気がするが——別の理由で女官たちは千古の気配をずっと探っているのであった。

「はい。そのことですが、姫さま」

成子の表情がわずかに曇る。

「問答無用。今年も私はあなたたちに打たれるつもりはないんですよ。そこっ、見えてますよ、宰相《さいしょう》の君っ。いま背中に隠したの、お粥を炊いたときの薪でしょう」

ぴしりと言うと、名指しされた宰相の君がはっとして「見つかりましたか。すみません」と後ろ手にしていたものを取りだして、床に手をついて頭を下げた。

宰相の君が隠し持っていたのは、今朝、粥を炊くのに使った薪である。

月薤国《げつていこく》では、この薪で、正月に、女性の尻を打つと子宝に恵まれるという言い伝えがあるのだ。おかげで後宮では、年始の正月と、小正月の二回、粥を炊き、二回とも粥を炊いた薪でみんなで尻を叩《たた》いてまわる。誰がこんなどうしようもない伝承を作りあげたのか。責任者出てこい、と思う。

そのせいで、千古は、毎年、一月になると女官たちに尻を狙われている。

そしてこの薪、子宝に恵まれるのもそうだけど——恋の告白にも使われる。女性は意中の男性の尻を後ろからそっと叩く。どうやらそれは「あなたの子が欲しいです」という意味になるらしい。

もてる男はこの時期、女官たちに背後に立たれて、バシバシ尻を叩かれる。叩かれて、にこにこしているのだから、おかしな光景だ。

そんなわけで——。

「どうして……姫さま。素直に打たれといてくださいよ。縁起ものなんですから」

宰相の君が唇を尖らせた。

「嫌よ。私の背後に立つことができるのは典侍だけよ」

ちらりと後ろを見る。名前を出された典侍は背筋をぴんとのばして座り、食事をしている。

怒られるかと様子を窺《うかが》ったが、

「……なにをおっしゃっているのやら」

典侍は眉間にしわを寄せ苦笑しただけだ。

安心し、千古は女官たちを睨《にら》みつけた。

「誰ひとり私に手を触れさせてなるものですか。私は芸はだめでも武の鍛錬は怠らない。後宮で二番目に強い女なの。私を打ちたいなら本気でいらっしゃい」

一番は千古の乳母で、養育係でもあった、典侍だ。

そこは揺るがない。いつか打倒したい気持ちはあるが。

宰相の君はその場にいる他の女官たちと顔を見合わせた。女官たちがするすると移動し、千古を囲む。

どうやら今年は、女官たちも千古対策を事前に話しあってきたらしい。

「本気だったらいいんですね。いきますっ」

薪をかまえて宰相の君が千古に挑む。

大上段の構えで打ち下ろしてきても尻に辿《たど》りつけるわけがない。座ったままあっさりと受け流し、薪を奪って、打ち込んできた女官の尻をピシャリと打つ。

「きゃっ」

宰相の君のかわいらしい悲鳴に、千古は相好を崩す。

「その気があるというのなら、受けてたちましょう。容赦はしないわよ」

前に置いてある膳を傍らによけ、立ち上がって、女官に向かい、くいっと指で「かかってきなさい」と合図をした。

「私のほうが十二単衣《じゅうにひとえ》姿のぶん、身体《からだ》が重い。これで私の尻を狙えないなら、所詮、あなたたちはその程度の腕前ということよ」

奪った薪を片手に持って挑発すると女官たちがごくりと唾を飲み込んだ。

「参りますっ」

次々打ち込んでくる女官たちを躱《かわ》し、どんどん相手の尻を薪で打ち据える。小さな悲鳴と共に、千古の両脇に女官たちが倒れていく。

呆《あき》れて見ていた成子掌侍《ないしのじょう》が、とうとう「そうじゃないでしょう〜」と悲鳴をあげた。

「みんな千古さまにつられないでください。どうして新年のめでたい宴《うたげ》の席で、巫女舞いを堪能《たんのう》するんじゃなく薪を振り回して稽古をつけてるんですか。綺麗《きれい》に整えたお部屋に綿埃《わたぼこり》が舞ってるじゃないですか」

成子の眉は情けなく下がっている。

それまでずっと後ろで食事をしていた典侍がすっくと立った。

「掌侍の言う通りです。あなたたちいい加減になさい」

「はいっ」

女官一同、びくっと身体を震わせ、うつむいた。

「千古さまもですよ」

と、千古に告げる典侍《ないしのすけ》が手にしていたのは——粥を炊いた薪であった。

「ちょっと典侍。いつのまにそんなもの用意していたの？」

振り返って典侍に対峙《たいじ》しようとする千古の裳裾《もすそ》を女官たちが足で踏む。

別の女官たちが千古の身体にしがみつく。

示しあわせてでもいたかのような、ものすごく綺麗で連携された動きであった。

「えっ。なに？」

振り返ることができなくなった千古の背後に典侍が回り込んだ。

典侍の動きは、速かった。

足音ひとつさせずにするすると近づいて、女官たちに押さえられ身動きが取れなくなった千古の尻をスパーンッと打った。

小気味いい音がした。

「うわっ」

容赦がない。痛い。

悲鳴をあげた千古に、典侍が半眼になる。

「……うわっていうのは、なんですか。愛嬌《あいきょう》のないこと。姫さまには、もうちょっと愛らしい悲鳴をあげる練習も必要ですね」

悲鳴の練習とは……。

女官一同、千古から手を放し、満面の笑みだ。宰相の君は隣の女官と「やり遂げましたね」と手を取りあって踊っている。

「無念。けど卑怯《ひきょう》よ」

千古は、がくりとうなだれ、膝をつく。

典侍が鼻で笑い、

「正々堂々とやってのけてもあなたの尻くらい打てますよ。私からするとあなたはまだ未熟で、隙だらけです」

と告げた。

なにより、と、典侍が視線を部屋の片隅の几帳《きちょう》に向ける。

「主上《しゅじょう》が忍んでいらしていることに気づきもしないなんて、なってない」

千古は、はっとして首を巡らせる。

「ようこそいらっしゃいました。几帳の陰からこちらをずっと窺っていらしたのは、わかっております。どうぞ」

典侍がその場に綺麗な所作で座し、几帳のひとつに向かってそう声をかけてお辞儀をした。

「主上？」

いたのか？　いつから？

「おもしろいものを見せてもらった」

笑い交じりの声が響き、几帳の向こうから帝《みかど》が姿を現した。笑いをこらえているのか肩が小さく揺れている。

「後宮は主上のもとに集う花たちが寵愛《ちょうあい》を競う場。主上が後宮の中心でいらっしゃるのですから。後宮で二番目にお強いのは主上でしょうね。千古さまは後宮なら三番目くらいでしょうか」

典侍の繰り言が右から左に流れていった。さらっと帝より自分が強いと断定しているような気がするが、誰ひとり否定をしない。怖ろしい。

帝は扇で口元を隠し、姿勢を低くして、座り込んでいる千古に近づき、顔を覗《のぞ》き込む。

「見てたなら、なんで助けてくれなかったのよ」

思わず詰《なじ》ると、

「助ける必要はないだろう。縁起かつぎの行事なんだから、素直に尻を叩かれていればいいんだ。そういうことだろう、典侍？」

帝が言った。

典侍は澄ました顔で「そういうことでございます」と返事をした。

千古は遠い目になった。

「ところで、おまえにひとつ頼みがあってここに来た。麗景殿《れいけいでん》に節会《せちえ》の膳を運んでいって、様子を見てきて欲しいんだ」

「星宿《ほしやど》さまのところ？　いらしてないの？」

きょとんとして聞き返すと、帝がうなずく。

「ああ。麗景殿は女官たちも来ていない。どういうことかと使いをやったら、親王の体調がよくないようで、泣きぐずりがひどいから、部屋で静かに過ごすことにすると文が返ってきた。心配だから、おまえ、麗景殿を見にいってやってくれないか？」

昨年の秋の終わりに、宣耀殿《せんようでん》の明子《あきこ》が子を産んだ。

今上帝《きんじょうてい》にとって、はじめての親王の誕生であった。

しかし明子は親王を残し、内裏を離れたのである。

そして「生まれてすぐに母を亡くした親王のこれから」を憂い、帝は貞協《さだやす》と名づけた親王の「育ての母」を麗景殿の星宿と定めたのであった。

正しく美しい女御である星宿こそが国母たるべき女性である、と、雷雲帝《らいうんてい》貞顕《さだあき》が殿上人たちを前にしてそのように告げたのだ。

「本当なら俺も餅を持って麗景殿にいきたいところだが、陰陽寮《おんみょうりょう》がうるさくて、身動きがとれない」

「陰陽寮って……。天狗《てんぐ》はやっぱりずっと祟《たた》ってるの？」

「陰陽寮いわく、天の狗《いぬ》だから、ひとまず俺に憑《つ》くかもしれんとさ。俺は天子だからな」

ずいぶんと不敬なことを言うものだなと、内心で呆れてしまった。

――主上に向かって「天狗憑きになっておかしくなるかもしれないよ」という予言を突きつけてるってことだよね？

通常、陰陽寮は、そんな不吉な予言を帝に対してしないものだ。

噂《うわさ》が命とりになる貴族社会で、帝が、あさましいものになるかもしれないと言ってまわるのは、帝の地位を貶《おとし》めるための画策でしかないのではないか。

「あなたは天子だけどさ。じゃあいままでの天狗はみんな天子に取り憑いたり祟ったりしてきたってわけ？　違うわよね。なんで、今回、あなたと天狗だけそういうことになっちゃったのかなあ」

「内裏では理屈より屁理屈《へりくつ》が勝る」

そうだけど。

そしてそのおかげで千古はいままでなんとかやってきたのだけれど。

「新年の節会も縁起ものですもんね。天狗の祟りもあるし、主上が途中で抜けだすのは厄がつくって、たしなめられたわけね？」

「そういうことだ」

「わかった。私、ちょっといってくる」

千古がそう言ったのと同時に、典侍をはじめ女官たちが動きだす。

几帳を部屋の隅に避《よ》け、「麗景殿に運ぶ膳を用意しましょう。あそこ、何人いらしたかしら」などと数の確認をしあい、女官たちは台盤所《だいばんどころ》に走っていった。

千古が命じずとも、彼女たちは自分で考え、立ち働く、有能な女官たちなのだ。


というわけで——千古は、帝に頼まれて、にぎわう節会の宴を侍女たちと一緒に抜けだして麗景殿を訪れた。

「星宿さまが節会にいらっしゃらなかったものだから、私から、来てしまいました」

廂《ひさし》の間に座ると、昼御座《ひのおまし》の几帳がするすると上がり、

「正后《せいごう》さま……わざわざいらしてくださるなんて、もったいのうございます。そこはお寒いでしょう。どうぞこちらに」

と星宿が顔を覗かせた。

蘇芳《すおう》の華やかな赤と萌黄《もえぎ》の松重《まつしげ》の十二単衣が、星宿に美だけではなく重みと威厳を添えている。

きめこまかな白い肌に、形のいい赤い唇。長い睫《まつげ》に縁取られたきらきらと輝く黒い瞳。当代の美女は誰かと内裏で問えば、まず第一にあげられるのが星宿の名前であった。

清らかで瑞々《みずみず》しい、いまを咲き誇る花のごとき美姫《びき》である。

彼女の腕のなかで、綿のはいったおくるみに包まれた赤子――いずれ東宮になるであろう親王が、すやすやと眠りについている。

星宿が、慈愛の表情を浮かべ生後三ヶ月の親王を抱いている姿は、まさしく一幅の絵であった。

「泣きぐずりがひどくて、お部屋に閉じこもっていると伺ったのですが」

千古は腰を浮かせ、星宿と親王に近づいた。

――具合が悪そうには、見えないわね。鼻がつまっているようでもないし、寝息も規則正しい。

「はい。先ほどまでずっと泣き通しで――。ですが親王は本当にこんなに小さなうちから、気遣いができるようです。正后さまがいらしてくださるのにあわせて、ちゃんとおとなしくなりましたもの」

誇らしげに語る星宿に、千古も笑い返す。

「それは、星宿さまの教えの賜《たまもの》ね」

できれば親王の耳に触れて、熱があるかどうかを確認したい。が、せっかくやっと寝たのだというし、起こしてしまったらかわいそうだと、手を出しかねた。

少し抱かせてちょうだいと願えば、星宿は親王を差しだしてくれるのだろうけれど。

「そうであったらよいのですが。――長尾《ながお》、火櫃《ひびつ》を正后さまのお側《そば》に置いてちょうだい。それから毛皮も」

星宿の指示に従って、女官の長尾が火櫃を運び横に置く。さらに立派な鹿の毛皮が差しだされた。

「鹿!? 珍しい。星宿さまのところにはこういうのは、ないものとばかり思ってました」

毛皮は、野蛮だし、趣味がいいものではないとされているので。

だが、千古は毛皮が大好きだ。雅《みやび》ではないと言われようとも、見た目や風雅さより、あたたかさを取る。千古は黒貂《くろてん》の毛皮を愛用しているし、狸《たぬき》の毛皮もよく膝に載せている。

「春とはいえまだ寒いのですもの。身体《からだ》をあたためるのにはちょうどよいかと用意をしておりました」

やけにきりっとして星宿が言った。

「そうなの？　じゃあ、私じゃなく星宿さまが使ったほうがよくないかしら」

「いえ、私の趣味ではございませんので。どうぞお使いください」

趣味じゃないのに、どうして用意をしたのだと、怪訝《けげん》に思い首を傾《かし》げる。

麗景殿の女官の長尾が「星宿さまは正后さまのためだけに吟味してご用意されたのです。

どうぞお使いくださいませ」と小声で言った。

「……長尾っ」

星宿が慌てた顔になり、

「た、たまたま……たまたま珍しいものを見つけただけです。でも、鹿は神の遣いともされておりますし、私はその毛皮にふさわしくありませんわ。高貴なお方でなくては身にまとえません。その点、正后さまは徳も高く貴い方でいらっしゃいますから」

と早口で言った。

絶対に自分の趣味じゃないものを、千古が好きだからというそれだけで、用意しておき、ここぞというときに差しだしてくるって、すごい。

おまけにさりげなく千古のことを高貴だとか徳が高いとか誉《ほ》めている。

「ありがとう。嬉《うれ》しい。鹿の毛皮、すべすべしてる。茶色に白斑点で……いい色よね。茶色」

「いい色……？」

星宿は、同意しかねるという顔つきで、言葉を濁した。

「それにこれ……なんでか、とってもあったかい」

妙にほかほかとあたたかい。

「女官たちで交代して火櫃であぶらせておきましたので」

長尾が言う。

「だから……長尾っ」

星宿が目をつり上げた。長尾はしれっとした笑顔であった。

「火櫃で……え、私のために？　私、突然来たし、来るって先触れだしてなかったけど……。あれ？」

星宿がつんと顎を持ち上げて、あらぬほうを見つめる。その目元がぽっと赤くなっている。

――つまり、いつ来るともわからぬ私を待って、女官たちに常に毛皮をあぶらせていたの？

「星宿さま、あなたって人は、なんでそんなにかわいいんでしょう」

するっと言葉が口をついて出る。これはもう、仕方がない。

「……っ」

星宿は絶句し、うつむいた。

それまで黙って後ろに控えていた成子が口を開く。

「千古さま、星宿さまを困らせないであげてくださいませ。星宿さま、千古さまがこんなふうですみません」

こんなふうでって、なんだ。

「成子も、鹿の毛皮さわってみなさいよ。びっくりするくらい、すべすべだし、あたたかいから」

手招きしたが、成子は嘆息し「やるべきことをまずやってからにいたします」と断った。

「そうか。そうね。では膳をこちらに運んで」

千古が言うと、

「はい」

と応じる。

成子は模範のような綺麗《きれい》なお辞儀をして、去っていく。成子の美しい所作に千古が目を細めると、星宿も同様の気持ちを抱いたようで「素晴らしい女官ですわね」と小声で言った。

「ええ。自慢の女官です」

千古の装束を身に纏《まと》い、入れ替わって、登花殿の留守を守ってきた成子は、正后にふさわしい優美さと威厳を身につけていった。

一方、千古は、変装して洛中洛外《らくちゅうらくがい》を歩いて用を足しているあいだ、どんどん武に強くなって、策略を練りがちな妖后になった。

これでいいのだ。適材適所。

「ところで、千古さま。膳ってなんですか？」

星宿が千古に聞いてきた。

「節会の膳を運んできたのよ。成子たちがいまこちらに持ってきてくれるから、麗景殿の皆さんで食べてください」

千古が言ったのと同時に、宴《うたげ》のご馳走《ちそう》の膳を登花殿の女官たちがしずしずと運び込んだ。

「まあ、ありがとうございます。正后さまはなんてお優しいのでしょう」

星宿が目を輝かせて、尊敬のまなざしで千古を見る。

星宿は、千古のことを過大評価しているのだ。実は、星宿が千古を慕うきっかけになった「正后の行動」は、千古に変装した成子がやってのけたものである。千古ではない。

星宿をだまし続けているのが申し訳なくて、千古は、つい目をそらす。

「思いついたのは私じゃないわ。主上《しゅじょう》がそうして欲しがったから、運んだだけよ。礼なら、あとで主上に申し上げて」

「え……主上が」

星宿の頬がぽうっと赤く染まった。

星宿は、千古を尊敬してくれつつも、帝《みかど》にも無垢《むく》な憧憬を抱いている。帝の名前を出され、恋する乙女の顔になった星宿は、拝みたくなるくらいに愛らしい。

「ほら、主上は餅がお好きでしょう？　それで今年は節会に餅を出したの。つきたての餅は時間をおいて硬くなってしまったら美味《おい》しくなくなる。麗景殿にも柔らかい餅を持っていきたいって、うるさくて」

成子が星宿の前に膳を置く。

漆塗の足つき膳に載っているのは鮑《あわび》や鯛《たい》。干した棗《なつめ》や石榴《ざくろ》の菓子。それから帝の好物の、つきたての餅だ。

成子に続いて部屋に入ってきた女官が、星宿の後ろに控えている親王の乳母の前に膳を置いた。

「白い餅は乳の出がよくなると聞きます。親王の乳母《めのと》さまのぶんも持ってきているの。どうぞ召し上がって」

千古の言葉に、乳母が慎み深く頭を下げる。

「ありがとうございます。わたくしにまでそのようなお心遣いをいただけるとは」

「でしたら、正后さま──私たちが食べているあいだ親王を抱っこしてもらっても、よろしいでしょうか」

星宿が千古に笑いかけた。

「え、いいのかしら」

「はい」

千古から「抱っこさせてよ」と言わずとも、こういう気配りをしてくれるのが、星宿の星宿らしいところである。

千古は首をのばして、親王を星宿の腕からそうっと抱えあげながら、言う。

「──あのね、私、ちゃんと手を洗ってきたし、口もすすいできたから、綺麗よ。うちの女官たちにもみんなそうさせたから」

万が一でも病を麗景殿にもたらしてはならない。そこは念を入れて徹底させてきたので、胸を張る。

話しながら、親王の耳に触れる。小さな耳たぶは、ちょうどいい感じにほんわりとあたたかい。

──熱はなさそう。

「いつもお気遣いをありがとうございます。呪詛《じゅそ》などが紛れ込んでは困りますものね」

星宿が頭を下げる。

「呪詛の心配をしてるわけじゃないけど……まあ、いいわ」

ずしっとした重みを感じ、千古は思わず目を細める。親王からは、甘い乳の匂いがした。

腕のなかが、ほかほかとあたたかくなる。

「前に抱かせてもらったときより、重くなったわね。ああ……かわいいなあ。もっちもちのお肌。泣きどおしだったと聞いてきたから、ちょっと心配していたの。でも、親王の体調はなんともなさそうね」

つい、つん、と寝ている親王の頬を指でつついてしまった。

ふっくらとした赤子の頰に、白桃のようなうぶ毛が淡く光っている。声がうるさかったのか、触られたのが気に触ったのか、親王は小さな拳を突き上げて「ん……」とのびをする。

「ごめん……起こしちゃった？」

慌てて指を引っ込めると、星宿が「いえ。大丈夫ですよ」と、すぐに千古の腕から親王を抱きあげた。慣れた仕草で、優しい声で語りかけながら、身体を軽く揺らす。

ゆらゆらと揺れる腕のなかで、親王は、あくびをひとつしてから、再びまぶたを閉じた。

「交代で食べましょうか。乳母や、まず、あなたが先に食べて。せっかくだから味わってお食べなさいね。急がなくてもいいのよ」

星宿が乳母に言う。乳母は「はい」と箸を手に取り、節会の馳走を食べはじめる。

——堂々としているなあ、星宿さま。

そして、とても、幸せそうだ。

千古は親王を覗《のぞ》き込むために、床に手をついた。指先に当たる感触に、ふと見ると、竹と布で作られた小さな人形が転がっている。

麗景殿らしい隙のない設いで整えられたきらびやかな部屋に、赤子のための玩具が落ちている。

それが微笑《ほほえ》ましくて——とても美しく感じられて、千古の胸があたたかいもので満たされていった。

「昨日の夜からずっと泣きどおしだったのは、年末の追儺《ついな》の儀がにぎやかすぎて、親王の気が昂《たか》ぶったせいかもしれません。方相氏《ほうそうし》がよくなかったのです。私たちも疲れたけれど、泣いている親王のほうがもっと疲れているから、今日の夜はきっとぐっすり寝てくれると思います」

　星宿が言った。

「そうなの？　方相氏は、なんにもわからないで見たら、怖いもんね。ぴかぴかしてるし、目が四つあるし」

「そうですよ。それにとにかくうるさいんですもの。しかも今年の方相氏は、私の部屋で暴れていきましたの。親王が寝ているのですから、静かにしてくださいませって頼んでも、聞いてくれやしない。桜の大臣《おとど》は、やり過ぎだったわ」

　咎《とが》めるように唇を尖《とが》らせる星宿に、千古は口元をほころばせた。

　星宿は、感情がすべて顔に出る。裏がない。

「主上が気をまわして麗景殿は丁寧に鬼を祓《はら》っておけって言ったんじゃないかしら」

「え。主上が……？」

「膳を麗景殿に運んでくれっていうのもそうだし、星宿さまと親王のこと、大事に思っているのよね」

「もったいないお言葉です。私、もっと精進して、立派な母とならねばなりませんわ。親王さまを大切にお育ていたします」

感極まったようにして言う星宿に「もう充分、立派よ」と、慌てる。

星宿は完璧で正しくて美しい姫で、女御《にょうご》だ。たぶん完璧で正しくて美しい子育てを追い求めてしまう。あまり熱心にやりすぎて、倒れたりしないか心配だ。

「いえ。まだまだ私は足りてないと、反省ばかりしております」

「そこはもうちょっと肩の力を抜いてくれてもいいのよ」

「いえっ」

「星宿さまはなんでも一生懸命だから、心配になってしまうわ。もう少し手を抜いてくださってもいいと思うの。私は子育てをしたことがないから、星宿さまのお役にたつようなことは言えないけれど……」

ぽろりと零《こぼ》れた本音だが、星宿の表情が曇った。

「手抜きなんて、もってのほかでございます。本当でしたら正后《せいごう》さまが親王さまをお育てになるべきところを、私に委ねてくださったのですもの。子育てをしたことのないのは私も同じ。正后さまが親王の育ての親になりたいとおっしゃるのでしたら、私は、この役目を正后さまにお渡しいたします……」

はっとした顔をされるのは遺憾である。

「なに言っているの。主上と私がふたりで、星宿さまこそが未来の国母になるべき女御だと話しあって、あなたにお願いをしたのよ。生まれてすぐに母を亡くした、いとけないこの親王をあなたが守って、愛情を持って導いて欲しい。私じゃあ、だめよ」

──星宿さま、昨日から寝てないんだなあ。目の下にくまが浮いてる。

「……誰より、親王がわかっている。賢い子ね。私が抱っこしたら目を開けたけど、あなたの腕のなかだと安心して眠ってしまわれたわ」

千古は星宿の顔と親王の顔を見比べ、笑いかけた。

「はい」

星宿の目にうっすらと涙が滲《にじ》んだ。

「私は、この子、星宿さまに似たらいいなあって思ってるの。美しくあろうと精一杯の努力をして、正しいものを見つめて進んでいく勇気を持つ親王になったらいいなって。そう……私じゃ、だめなのよ。妖后《ようごう》だからね」

さらっとつぶやくと、星宿が目を瞬《しばたた》かせた。

さっきのは、うっかり言わなくてもいいことを言ってしまったが、いまのは、あえて返事ができないようなことを言った。

「好きで妖后になったの。これは私が自ら選び取った運命よ。私は不器用だから、ふたつの物事を同時に摑《つか》めない。妖后になったなら、国母は無理。それに私が育てたら、親王のこれからに呪いと暗示を残してしまうわ」

面と向かってうなずける話ではない。が、この時代に生きている貴族なら、千古の言葉の意味を理解できるはずだった。

内裏の貴族は、あらゆることをすべて呪詛で片づける。

──私が育てるというだけで、この子の名前に〝妖〟のひと文字がつけ足されるだろう。

いまのところ帝の御子はただひとり。

ゆえに貞協親王は、最有力東宮候補であった。その大事な御子に〝妖〟は、不要なのだ。

呪詛とも祟《たた》りとも遠いところで育っていってもらいたい。

「あなたに育ててもらいたいの。私も主上もそう思ってる」

親王は星宿に抱かれ、すやすやと眠りについている。

「……はい」

星宿がうつむいて、少しの間、沈黙が落ちた。

御簾《みす》の向こうから、話し声が近づいてくる。女官たちの足音と、衣擦《きぬず》れの音。その後に、聞き慣れた、よく通る男の美声が響く。

声の主は、帝《みかど》だった。

どうやら節会の宴《うたげ》をなんとか抜け出られたようである。

「主上《しゅじょう》がいらしたみたいね。また、先触れもなしでふらっと来て、女官たちを慌てさせてる。困った方ね」

それを言うなら千古もだいたいふらっと来てしまう質だが、自分のことは棚に上げる。

星宿がきりっとした顔で、

「長尾、お通しして。火櫃《ひびつ》の用意も」

と命じた。

女官たちが「はい」とうなずいて慌ただしく動きだす。

すぐに御簾を片手で掲げ、帝が室内に入ってきた。

掲げられた御簾の向こうから、冷たい風が室内に入り込んだ。帝が身に纏《まと》うのは爽やかさと甘さが混じりあった、彼だけのための香だ。帝にしか着ることを許されない黄櫨染《こうろぜん》の袍《ほう》が、空気をはらんでふわりと揺れる。裾捌《すそさば》きに無駄がなく、ただ普通に歩いているだけなのに神聖な儀式に見えてしまうのは、どういうものか。

出会ったときの彼は、粗野で美しい若い男だった。

いまの帝は充分に洗練されて、そのうえで必要に応じて野蛮な熱や刃を懐から取りだすことのできる余裕を持っている。

女官がさっと出した円座にすとんと座る。体幹がしっかりしているせいか不要な揺れが一切、ない。

長尾が「よろしければこちらをお使いくださいませ」と鹿の毛皮を運んでくる。千古に差しだしたのより、さらにひとまわり大きい。

「おお。ありがたい。今日は寒いからなあ」

受け取って、膝にかけると「あたたかいな」とつぶやいた。

――私だけじゃないのね。いつ来るかわからない主上のためにも、みんな交代で毛皮をあたためていたってことよね。

恐るべし麗景殿の気遣い。

そしてその気遣いを、気づくことなく消費してしまえる帝と自分の野放図が怖くなる。もっとちゃんと感謝して、真摯に受け止めてしかるべきでは。

毛皮がなぜあたたかいのかを言いたいけれど、星宿の前で告げると、星宿がまた照れて高飛車な早口になってしまうので、ぐっと堪える。この理由はあとで帝にこっそり伝えよう。

「主上、節会の膳のお心遣い、感謝いたします」

星宿が頭を下げると、帝が「うん」と応じた。

「親王は寝てるのか」

「はい」

帝は身体《からだ》を斜めにして、星宿の腕のなかを覗き込んだ。星宿が、帝に親王の顔が見えるようにと、腕の角度を変える。

「なんだか、少し見ないあいだに顔つきがしっかりしたようだな」

しみじみと帝が言うと、星宿が誇らしげに胸を張る。

「唇のあたりが主上に似ていますでしょう？」

「いや、似てないな。俺の口はこんなに小さくない」

即答する帝に、千古は天を仰いだ。そこは「似てる」と相づちをうっておけばいいじゃないか。

「そうですか……。宣耀殿の女御さまにはあまり似ていらっしゃらないようですし、ならば主上に似ているのではと思うのですが」

帝は眉根をきゅっと寄せ、

「俺よりもおまえに似てくれればいいと思っている」

と返事をした。

その言葉に、星宿の頬が上気する。困ったような嬉《うれ》しいような表情で帝を見返す星宿の善良さが、まぶしい。

だから千古は、

「そうよね。私もそう思ってる。星宿さまに似てくれたら間違いないもの」

と、前のめりで力説してしまった。

「ですが……私はただお育てするだけですから似るはずはないと」

星宿がつぶやき、千古はふわりと微笑んだ。

「そんなことないわよ。だって私、実母より、乳母《めのと》だった典侍《ないしのすけ》に似てるもの。日々を過ごしているとなにげない仕草や目の配り方が似ていくものだし、笑い方も話し方も似ていくわ。親王は、考え方も、ふるまいも、どんどん星宿さまに似ていくんだわ」

「そうだな」

帝も同意する。

「星宿さまの愛情が親王を健やかに育ててくれる。この子の行く末が楽しみよ。きっと今上帝より素晴らしい帝になるわ。親王は、後年、史書に〝豊かな時代を育んだ帝〟としてしるされるに違いなくてよ？」

親王を持ち上げて帝を下げたから、星宿が慌てた顔になる。が、帝は素直に「そうだろうな」と真顔でうなずいている。

「星宿に倣《なら》って、正しく美しく育ってもらいたいものだ。俺に似られても困る。ところで、星宿は食事をしてないのか。餅は冷めると硬くなる。早く食べるといい」

星宿の前に置いてある膳を見て、帝がそう続け、窺《うかが》うような表情になった。

「……乳母もまだ食事中か。俺が親王を抱いてやってもいいんだが」

「はい。お願いできますか」

星宿が膝行《しっこう》し、帝に親王を預けようとする。途端、帝の声が上ずった。

「いいのかっ⁉」

――いいのかって、なんだ？

不審に思い帝を見つめると、帝はごまかすような咳払《せきばら》いをしてそっぽを向いてもごもごと言う。

「以前、星宿に叱られた？　星宿に叱られたのだ」

「叱られた？　星宿さまが主上を叱ったんですか？」

星宿に限って帝を怒るはずはないと思うのだけれど。

「叱っておりませんよ。あれは、主上が頼りない抱き上げ方をされるから、つい大声をあげてしまったのですわ。落としてしまわれそうでしたから注意を……。でも、あれ以来、主上は親王をお抱きになろうとなさらないから申し訳なく思っておりました……」

ごめんなさいと、星宿がしおしおとうなだれた。

「おまえがあやまることではない。あれは俺が悪かった。首がすわるまでは、ふにゃふにゃしすぎていて、触ったら壊れそうな気がしてなあ。いまなら堂々と抱きあげることができそうな気がする。いいか？」

めいっぱいの真顔である。

「はい」

応じる星宿も正真正銘の真顔であった。

星宿がそっと差しだした親王を帝が神妙な顔で受け取った。

緊張しているのか帝の頰が強張《こわば》っている。刀なら造作もなく振りまわすのに、赤子を抱くときは、ぎくしゃくと頼りない動きで——それが妙に愛らしい。

帝は親王を腕のなかにおさめて、顔を覗《のぞ》き込んで、ふわりと微笑《ほほえ》んだ。

それを見て星宿も柔らかく笑った。

——やだ。美男美女!! 眼福!!

悲しいかな、千古と帝が並んでもこんなにお似合いという感じにならない。ふたりとも顔がいいなあと、しみじみと感心してしまう千古だった。

なのにどうして自分が正后《せいごう》として帝の側にいることになったのか。

思いを馳《は》せ、つかの間、遠い目になってしまった。

女官たちは、うっとりとした顔で、帝と星宿と親王の姿を見守っている。

美しい光景だ。

だからこそ——千古の胸の奥が少しだけチリッと痛んだ。

痛む場所にはきっと、心というものが在るのだろうと思う。日頃、自分の心の在処《ありか》など考えることはないのだけれど、最近は「心はここにある」と実感することが多い。疚《やま》しいことをしでかしたときや、傷ついたり、嫉妬をしたりすると、そこがひりつく。

——親王は、主上の子ではない。鬼の子よ。

橘《たちばな》の大臣《おとど》と宣耀殿の明子女御の子どもなのである。帝もそれを知っている。本来ならばあってはならない不義の子だ。

重い真実を押し隠し、帝と千古は、美しくて正しい星宿に親王を育ててもらうのだ。

親王はむずかることなく、静かに帝の腕のなかで眠っている。そわそわと心配そうにして親王を見つめる星宿に、

「大丈夫だ。さあ、おまえは餅を食べてくれ」

と帝が言った。

星宿が幸せそうに「はい」とうなずいて箸を手に取った。


星宿が食事をし終わり、親王が空腹で目覚めてむずかったところで、帝と千古は麗景殿を後にした。

気づけば外はもう日が落ちて、空が暗くなっていた。

「どうしてそっちに歩いていくの。清涼殿は反対の方向だけど？」

登花殿に向かう廊下で、千古の少し先を進む帝の背中に問いかける。

「昨日からずっと寝ていないんだ。それを理由に節会の宴を抜けだした。陰陽師《おんみょうじ》に退出の刻を占わせて、なんとか勝ち取って出てきたんだ。すげなくするな」

「すげなくなんてしてないけど」

「おまえの部屋で眠らせてくれ。俺には猫の命婦《みょうぶ》が必要だ。まさか追い返したりしないよな」

振り返った帝《みかど》の眉間に深いしわが刻まれている。言われてみれば、目の下にもくまが浮いている。

今日は内裏の誰もかれもが睡眠不足でげっそりとやつれた顔をしている。

年末年始の宮中は、不眠で働いたり、宴《うたげ》をしたりと、やることが多すぎるのだ。

「わかった」

帝のその少し前を歩いているのは、成子掌侍《ないしのじょう》だ。

成子は千古と帝のやり取りを聞かない振りをして、

「おーし……おーし」

と、暗い廊下をしずしずと歩き先触れの声をあげていた。

本来ならば「登花殿の女御さまがいらっしゃいます」と言いたいところなのだが、どういうわけか成子の後ろを帝がついていくものだから、困惑して、ずっと「おーし」という言葉だけをくり返すしかない。

帝はというと、いつも通りに供を連れず、ひとりきりだ。

昔から彼はそうで、これから先もずっとこのままなのかもしれない。

——あなたについていけるのは、私だけなのかもしれない。

そう思わせておいて「違う未来も選べるぞ」なんて、いまさら言ってのけられても困るのに。

——でも、私がいなくてもいいのかも？

さっき見た、親王を抱く帝と星宿の姿が脳裏に浮かぶ。とても似合いのふたりだった。

「そういえばさ、星宿さまのところの毛皮あたたかかったでしょう。あれ、女官たちが交代で火であぶっておいてくれたんだよ。星宿さまってそういう人だよね」

ぼんやりと口にした言葉に、帝が怪訝《けげん》そうな顔をした。

「は？　あぶるってなんだ？」

「麗景殿は、いつ来るかわからないあなたのために、ずーっとあの毛皮を誰かがあぶって準備をしてくれていたのよ。私にもそうしてくれてた。だから私たち、他はさておき、麗景殿にだけは事前に訪問のための文を出してさ、先触れ出すようにしよう。普通の貴族みたいに振るまおうよ」

話しているうちに斜め下の提案に辿《たど》りついた。

しかしこの提案は理に適《かな》っているというか、必要だ。いつ来るともわからない千古と帝のために仕事を増やしてはならない。気遣われるばかりでは、よくない。こちらも気を配ることを覚えるべきだ。

「そうか。わかった」

帝が重々しくうなずいた。

帝と正后のふたりが「普通の貴族みたいに」と言い合っているのもどうかと思うが。

「そうしてあげないと、星宿さまも、麗景殿の女官たちも、身体を壊すかもしれない。ただでさえ、はじめての育児で疲れてるんだから」

なんとなく「それにしても、親王、かわいかったよねえ」と、つぶやく。

「そうだなあ。――でも俺は、おまえがいれば、子がいなくてもかまわないからなあ」

「……っ」

千古は思わず歩みを止めた。

――待て。

いや、待ってもらっても困る。待ってもらったところで千古にはなんとも言い返せない。

――というか、私、未来を選べって言われてから主上のこと待たせっぱなしだし……。

天狗《てんぐ》の祟《たた》りやら秋光との関わりやらがどういうことなのかを聞いてからと、ずるずると先延ばしにして過ごし、返事をしていない。

前を向いて歩いていた成子が、そっと千古たちを振り返る。手燭《てしょく》の明かりが成子の顔を下から照らす。成子の目がまん丸に見開かれていた。

「もちろん、おまえとの子が授かるならそれもいいが――子は、望んだだけで得られるものでもないし。おまえがいればそれでいい」

「子は、いたほうがいいでしょう」

と、言うしかないではないか。この場合。

「もう、親王がいる。親王に引き継がせるに足りるだけの国の仕組みを作りあげれば、あとはどうでもいい」

「どうでもはよくないでしょう!?」

——みんなに聞かれてるこの場であなたにそう言われて、私にどうしろと。立場を考えて!!

そっと後ろを振り向くと宰相の君をはじめとした女官たちがきらきらと輝く目で千古と帝を見つめている。新年の粥《かゆ》の薪で千古の尻を狙ったくらいだから、登花殿の女官たちは満場一致で千古が子を宿すことを望んでいるのだ。

しかし、千古は絶対に子を宿してはならないと決めていて——東宮が立った途端に、その後ろ盾となった貴族が足場を固めて権力を握り、帝の手から力を奪うから、それでふたりは清廉潔白なおつきあいを重ねてきていて——。

と思い返して「あれ？」と自問する。

目の上のたんこぶだった大臣たちも策を弄して追い落とし、いまや東宮の後ろ盾が誰になろうと帝の権威は揺らがない。

しかも、貞協親王が生まれたことで「この後宮に子を生《な》してはならない」という縛りは解けてしまった。千古が自分で解いたのに、その点が、すっぽりと頭から抜け落ちていた。

「そういうことか。だから典侍《ないしのすけ》、今年は私の尻を叩《たた》いたの？　あれって本気の尻叩きで、応援だった？」

ぽろっと声が零《こぼ》れた。

——子宝を得てもいいって、言われちゃったんだ。

全方向からその選択肢を提示されてしまったのだ。

そのうえで帝は「でも、別に、おまえさえいればそれでいい」とまで断言したのだ。

みんなの前で!!

帝の提案は唐突ではと思っていたが、流れとしてはおかしくない。さまざまなものがあるべき場所に落ち着きつつある、いまこのときこそ、みんなが千古の選択を「待って」いる。

期待に満ちた女官たちの視線が、ちくちくと肌にささりかけたところで——。

「おまえが、いま、側にいてくれるという、それだけで身に余る。我《わ》が儘《まま》を言ってしまったな。酒が過ぎたのかもしれない。聞き流せ」

帝がささやいた。

「みんなに聞こえる程度の小声でささやくところがっ」

帝がくすくすと笑ってみせた。

――笑顔ひとつで、何人もの女性、殺せるな。こいつはっ。

いつもは剣呑《けんのん》な光を湛《たた》える双眸《そうぼう》が今宵《こよい》は静かに凪《な》いでいる。酒のせいだろうか。女官たちの持つ手燭の明かりと、夜空の月に照らされて、帝の美貌は輝かんばかりである。

自分の前ではときどき、こんなふうに気を抜いて柔らかくなることのある彼が好きだなあ、と思った。

自分は帝が好きなのだ。

なのにどうして、千古は、いまになって、たったひと言が言えずにいるのか。

結論は出ていると思ったまま、それでも「あなたと共に」と言わずに立ち止まっている自分のこれは、なんなのか。

――やだなあ。この人、私の本質をちゃんと突いている。

粥の薪で尻を叩かれるのが嫌なのは、そういうことだ。

千古は、妖后《ようごう》として生きていく覚悟はあったのに、子を生して「母として内裏と家に縛られる、いまの時代にそぐう形の女として」生きる覚悟はないのである。

気がついた途端、千古は、己のふがいなさに呆《あき》れ果《は》てたのだった。

秋光に――いや、彼は秋長なのか――どっちにしろ――言われた言葉はずっと千古の心に刺さっていた。

普通の女になればいいと彼は言った。
けれど千古は、普通の女として幸せになることに、抵抗している。
しみじみと自分はとても面倒くさい女であった。

3

黄昏《たそがれ》時は胸がざわざわと騒ぐ。
一月十五日。
小正月の夕方である。
己の心の表面が波打つのを感じながら、秋光《あきみつ》は足を進めている。
誰といても、ひとりでいても、寂しい思いにとらわれて——心がどこかに帰りたがる。
自分の家にいるときでも「帰りたい」と感じる。
いったい、どこに帰りたいのか。
辿りついたのは、村はずれの小さな庵《いおり》——。
そこで日々、読経して過ごしている想見《そうけん》和尚は、鶴のような老人だった。

痩せているが貧相ではなく、枯れているが優雅である。

年齢不詳。長く生きているのだろうということと、苦労してきたのだろうということしか、傍《はた》からはわからない。

帝の覚えめでたき高僧で、人格者。

彼は目が不自由だ。それでも庵のなかのものはすべて身体《からだ》が覚えているから、暮らしていくのに一切困らないらしい。どこになにがあるのか、何歩歩けばどこにいきつくか、あらゆるものの寸法を記憶しているのだそうだ。

見えているように過ごしている——というより、想見の場合は「見えている者以上に」まわりのすべてを「知って」いる。

——この庵にはたくさんの経文と、それから珍しい書物があって、千古《ちふる》姫が通っていたんだったな。

秋長《あきなが》だったときの記憶がふいに蘇《よみがえ》る。

千古が「行宜《ぎょうぎ》の記録がこんなにたくさんあるのは、この庵だけだと思う」と興奮気味に語っていた。あとは「薬草や疾病にまつわる技術書も充実しているのよ」と筆を振りまわしていた。

——秋光になっても通うことになるとはなあ。

想見は鬼である桜《さくら》の大臣《おとど》たちとも通じている。そのせいで、秋光は、よく想見のもとに使いに出されたのであった。

「もぅし。想見和尚、秋光でございます。お邪魔をさせていただきます」

かつての記憶といまの自分の姿が重なって、頭のなかをぐらぐらと揺すぶられる心地を味わいながら、秋光は庵の戸を叩いた。

「はい」

返事があった。

戸を開け、なかへと進む。

部屋の端で、想見が文机《ふづくえ》の前に座っていた。

文机が三つ並んで置いてあった。想見は近くの子どもらに庵を開放している。彼らのための文机だろうか。

「あれ、このあと子どもらが来るのかな。それとももう習い事を終えて、帰ってしまったんですか」

秋光が問うと「いや、まだこれからです」と想見が応じた。

「だって今日は小正月ですから。早くに来てもご馳走《ちそう》が届いていないって子どもらもわかっているんですよ」

にこりと笑う想見に、秋光も笑顔になる。

秋光は想見の前に膝をつき、

「御斎会《ごさいえ》のお務め、ありがとうございました。主上《しゅじょう》から、本日の、小正月の粥に入れるための餅を持たされて参りました」

と、持参した餅の入った包みを手渡した。

御斎会とは帝《みかど》が八日から十四日までの七日間、連日、国家安泰のための祈願を行う儀式である。徳の高い僧都が集い、読経を続ける。

想見も招かれ、七日間の務めを無事に果たしてくれた。

「主上は餅が本当にお好きですね。鄙《ひな》で暮らしていたときは、めったに食べられないものだったからと、何度も教えていただきました。いまのお立場になっても、貧しかったときの日々を忘れずに毎日に感謝をしていらっしゃる」

「はい」

「とはいえ、この年寄りは、もう、餅は飲み込みづらいのですよ。ありがたくいただいて、うちにやってくる子どもらにふるまいましょう。それをご存じのうえで、主上は餅を下げ渡してくださるのでしょうね。去年もいただきましたからね。子どもらは今日を楽しみにして待っておりました」

「はい。おひとりぶんの量ではないです。皆様に」

ずっしりと重たい餅の量は、想見が、人びとにふるまうことを想定してのものだろう。

帝はそういう心遣いを忘れない。貴族に対してより、民びと、特に子どもたちのことを考えて采配する。秋光は、帝のそういうところは認めている。

秋光だけではない。桜の大臣も、あれこれ言いながら、帝のことをここのところ〝まあまあ、話のわかる奴〟扱いしはじめている。帝の視点が民びとのものに近しいからだ。

「紙と墨、絹に米も後ほど届きます。ただ、餅だけは、つきたてを渡したいからと託されました」

そして帝は餅のつきたてに妙にこだわる男なのであった。

包みを渡し、頭を下げて帰ろうとした秋光を、想見が引き止める。

「身体が冷えておりましょう。般若湯《はんにゃとう》があります。つきあってくださいませんか」

般若湯とは——酒のこと。

飲酒を禁じられた僧たちは「これは酒ではなく、般若湯という薬である」と言い張って、こっそり飲んでいる。実際、飲みすぎは身体によくないが、塩を肴《さかな》としての般若湯の一杯だけなら、身体をあたためてくれるし、健康に良いと、かつて名のある大師さまが書きしるしたこともあったとか。

想見の傍らに膳がふたつある。それぞれに瓶子《へいじ》と杯が置いてある。

想見ひとりしかいないのに、瓶子も杯もふたつとは、どういうことだろう。

秋光は首を傾《かし》げ、用意されている膳と、想見とを見比べた。

「どなたか、来客のご予定があるのではないですか？　そのかたのぶんをいただいてしまうわけには参りません」

客のためにあらかじめ用意していたものではないのだろうか。整えて置いてあるものを前にして、なにも勧めずに帰してはならないと気を使ってくれているのかもしれないが、秋光が長居をして、飲んでしまうのは申し訳ない。

「いえ。これは秋光さんのために用意したものですよ」

想見がさらりと返す。

「僕のため？」

来るだなんてあらかじめ伝えていないのに。

「御斎会を終えたばかりだし、桜の大臣や橘《たちばな》の大臣が心を許し、主上の覚えがめでたいあなたが遣いでいらっしゃると思っておりました。もちろんあなたでなくてもいいのですけれど……なにせここは、火の気がない」

不自由なく暮らしているが、それでも、ひとりでいるときに火の始末だけは不安があるのだと想見は、そう言った。

「つましくて、寒い庵ではこれが精一杯のもてなしです。もしできるなら、この般若湯をちっとばかり、あたためていただければ嬉《うれ》しい。客人にこんなことを頼むのは申し訳ないことですが」

悪戯《いたずら》っぽい笑い方をして、告げる。

だから秋光も笑顔で応じる。

「少し火を入れて、ついでに般若湯のお相伴にあずかれるなら、おやすいご用ですよ」

「ああ。秋光さんならそう言ってくれるだろうと思っていました。用意をした甲斐《かい》があった」

なんということもない感じで応じる想見に、秋光の背中がざわざわと粟立《あわだ》った。

――もしかしたらこの人も、気づいているんだろうか？

自分が秋長だったことを。

気づいていながら、聞こうとしないのだろうか。

そうかもしれない。いや、きっとそうだ。見えている者よりずっとあたりの様子を察することのできる人である。秋光が、秋長であったことなど、とうに悟っていて、それでも問おうとしないだけ。

秋光が瓶子を二本、手に取ると、

「ああ……そういえば、あともうひとりお客さまがいらっしゃるんだった。忘れておりました」

と想見が、つぶやいた。

「あとひとり？　僕はじゃあ帰ったほうがいいですか？　もちろん般若湯はあたためますし、火鉢に火をつけてから帰りますよ」

愛想よく応じる。

「いえ。三人で般若湯をいただくのもいいような気がします。よかったらあともう一本増やしていただけますか？」

増やすのは別にいいけれど、と、秋光は問いかける。

「僕が会ってもいいような相手なんですか？」

「ええ。おそらくあなたたちは顔見知りでありましょうから」

顔見知りとは、誰だろう。

疑問を抱きながらも、聞き返そうとはしなかった。

想見は、知り合いが多いのだ。誰が来ても不思議ではない。

仏教には実はいくつかの派閥があって、寺同士がみんな仲が良いというわけではないのだが、想見はそのどこにも属さず——ゆえにあらゆる寺の僧都《そうず》たちとつながりを持っているという奇特な人物であった。

——こんな言い方をするっていうことは、和尚は、僕とその人をここで会わせたいんだろう。

想見和尚は、つくづく読めない人なのである。

とりあえず、想見の近くの火鉢に火を入れた。

「和尚。火を入れましたよ。どうぞお近くにいらしてください」

「ああ、あたたかい。ありがとうございます」

手をかざしてあぶる想見に、秋光は「いえいえ」と軽く頭を下げる。見えていないはずなのに、想見は秋光のいる方向に顔を向け、背筋をのばして、すっと、綺麗《きれい》な形で目線を下げる。

秋光は想見を残し、戸を開けて台所に向かう。

この庵《いおり》はどこもかしこも綺麗に整頓されている。大きな瓶《かめ》のなかに水が汲《く》み置かれている。台所の棚から瓶子をもう一本取りあげ、般若湯を注ぐ。

火打ち石で竈《かまど》に火を点《つ》け、鍋に水を張って、瓶子をそっとそのなかに並べる。

火のついた薪からぱちぱちと音がした。

踊る炎が、冷たい空気を焼いていく。

湯気がむわりと沸き立って、ちょうどよく瓶子のなかの般若湯があたたまった頃合いで——。

「和尚、いるか。いるな?」

乱暴な動作で戸を開けて入ってきたのは——ぱっと目を惹《ひ》く美貌の男であった。

闇の色をした艶《なま》めいた目。とおった鼻筋。形のいい唇。彼の姿を形づくるどれもこれもが端整だ。匠の技を持つ職人が丹念に仕事をしたかのように、美しい造形の男である。

そして、彼は——鬼なのだった。

そのしるしに、美しい顔の片頬に墨を入れている。桜の大臣《おとど》をはじめとして、東の果ての地で生まれ育った彼らは、成人すると顔の一部に一族の証《あかし》として文様を入れる。彼らにとってはそれは大人になった証明で、誇らしいものであった。けれど都の貴族にとっては肌に墨を入れるのは罪人くらいのもので、卑しい者のしるしであった。

墨を入れていても彼らは人。

しかし都の貴族たちは、そうは思わないのだ。蛮族であり、鬼である。自分たちとは違う世界の理《ことわり》で生きる彼らは、悪《あ》しき者。討伐しなくてはならないと、彼らを迫害し、追いつめてきた過去の歴史がある。

その果てに、彼らは本物の「鬼」となり——徒党を組んで都に攻め入り、貴族たちから財を奪い——別な貧しい土地と民びとたちを盗んでのけて、都の支配から逃れさせ——自分たちの味方と土地を増やしていった。

気づけば鬼たちは一大勢力となり、貴族たちは彼らを無視できなくなって——貴族であったときの秋光は、帝の指揮で鬼の討伐に向かったのだ。

「……なんでおまえがいるんだ。貴族の男」

鬼がひどく嫌そうに顔をそむける。

そうされるには理由があることを秋光は知っている。

この鬼とは、かつて秋長であったとき、千古と帝と三人で向き合って戦ったことがあったのだ。

——あのときはまだ桜の大臣ではなかった鬼と、橘の大臣ではなかった鬼と、目の前のこの男と。

想見和尚が会わせたい秋光の知り合いとは、彼だったのか。

——たしかに知り合いではあるけれど。

機嫌良く話し合えるような仲じゃない。それに互いに相手のことを胡散臭《うさんくさ》く思っている。

鬼の頭領は桜の大臣として貴族となり、巨軀《きょく》の鬼もまた橘の大臣となって内裏に入り込み——けれど彼だけはまだ鬼のまま、都の外で暮らしている。

貴族も、秋光のことも、彼は大嫌いなはずだ。

それでも秋光は「僕は貴族じゃないですよ」と、とぼけた顔で言ってのける。

「もとは、信濃《しなの》の里で畑を耕していた、ただの男です。今日は主上の使いで、この庵に参りました。あなたこそ、どうしてここに？」

秋光の声がわずかに尖《とが》っているのは、さすがに彼はこの嘘《うそ》を見過ごしてくれないとわかっているからだ。

わかっているからこそ秋光は、彼の名をきちんと聞いたことがない。秋光にとって彼はいまでもずっと「美しい鬼」のまま。そして「美しい鬼」にとっては秋光は、秋長でしかない。

「俺は」

と言ったきり、なんのために来たのかを鬼は言わない。

問われたことには答えず、

「秋長という男の顔をして、声を出して——そこまで似ていて別人だなんて通るもんか。それを納得してるみんながおかしい」

と言い立てる。

「おかしくは……」

ない、と返したいところだが。

おかしいのかもしれない。

気づく人は気づくのだから「別人です」と言われて「そうですか」と納得する人びとには、なにかしらの理由があるのかもしれない。秋長を秋光だと信じておきたいなにかが。

「おまえみたいな奴がいるなら、今日は来なかった。おまえは鬼退治をしていたくせに、鬼の仲間に入り込んだ得体の知れない男だ。貴族だったときも貴族の姫を守りもしなかった」

鬼は吐き捨てるようにそう言った。

「僕は」

貴族の姫を守りもしなかっただろうか？

そこだけは、よくわからない。消えてしまった記憶のなかに、そんな過去があるのかもしれない。秋長だったときに自分は、誰かを守りそびれたのだろうか。

——后《きさき》のことだけは、守ったはずだ。

それ以外の姫のことは、知らない。

不自然な沈黙を破ったのは、障子戸を開けた想見である。

「さっそく、おふたりで話し込んでいらっしゃる。やはり顔なじみでいらしたか」

「話し込んでなんかないぞっ」

「顔なじみじゃないですよ」

鬼と秋光が同時に言った。想見は静かな微笑《ほほえ》みを浮かべている。

「有明姫《ありあけひめ》さまのお話を、ふたりでしていってください。さあ、さあ。どうぞ」

突然、そう言われた。

さあさあと言われてもと、胡乱《うろん》に聞き返し秋光は首をひねった。

「有明……さまの話？」

——そういえば、そんな姫が、いた。

暁《あかつき》の上家《かみけ》の姫だった。

姫らしい姫だったから、男たちと会話をかわすこともなかったはずだ。

秋長だったときも、声をきちんと聞いたことはなかったのではないだろうか。あどけなく愛らしい姫だという噂《うわさ》だけは聞いている。

几帳《きちょう》の奥に隠れ、きらびやかな裳裾《もすそ》を垂らし――華やかで甘い香を漂わせ――箏《そう》を弾いていた。

「はい。秋光さま、こちらのお方は、有明さまのご供養をされているのですよ。毎月、決まった日に写経をしていかれるのです」

想見が鬼について補足する。

「写経を？」

鬼なのにどうして、というのは口に出さないが、きっと顔には出たのだろう。

美しい鬼は冷たい目で秋光を睨《にら》みつけた。

「悪いか。俺はあの姫さまには借りがある」

「借り、ですか？」

――そういえばあの幼い姫は、屋敷《やしき》に押し入った誰かとあやまちを犯したのではなかったろうか。

暁の上家の大臣の、あやしい画策に翻弄され、有明姫は命を落としたはずだった。

――ならば、この鬼は、有明姫をかどわかした男なのだろう。

「写経で、その借りは、返せるのですか？」

言葉が零《こぼ》れた。

言ってしまってから「違う」と思う。聞くべきなのは「有明さまとは誰か」だ。秋長が有明姫を知っていたとしても、秋光は知らないはずなのだ。

――最近、僕は油断をしすぎている。参ったな。

「返せるはずはない。が、なにひとつ返そうと思いもしないおまえたちよりはまだ、ましだ。貴族は誰もなにもしなかったじゃないか。あの小さな姫のために動いた者は……妖后だけだったと聞いている」

鬼の返事は、淡々としていた。

もっと憎々しげに言われたら反発のしようもあったが、ひどく平らな声だった。

だから、

「そうですか」

と、うなずいた。

自分が秋光なら、そんな事実は知らないはずだが「そうですか」という同意なら、許されるだろう。

――有明姫を追いやったのは、彼女の母と暁上大臣《きょうじょうのおとど》で――そのふたりを最後まで追いつめたのは后の千古だ。

他の連中は、有明を追いつめた犯人を突き止めようとしなかった。真実を掘り起こしたのは千古だけだった。

——あの人はいつだって、ただひたすら突き進み、なにもかもを我が身に背負って、どんどん血と泥に汚れていく。

「諸行無常諸法無我涅槃《ねはん》寂静一切皆無」

唐突に声がして、頭を向ける。

想見がつるりとした顔で、そう唱えている。

これは仏陀《ぶっだ》の教えだ。

この世の中にはずっと変わらないでいるものなどなにひとつなく、自分でなんとかできるようなものごともない。だからこそ平穏に過ごしていけばよい。結局、なにひとつ思うままにはならないのだから。

考えてみれば、身も蓋もない教えだ。

どうしていまそれを唱えるのだろう。なにかを言おうとしたが、なんの言葉も出てこない。

と——賑《にぎ》やかな足音が近づいてきた。

がらりと戸が開き、

「和尚〜。今日は小正月だからきっと餅が来てるよね」

「内裏からお使いの人が来て、たくさんのお餅をくださるでしょう？」

小さな子どもたちがてんでにそう話しかけながら入ってくる。ふだんここで手習いをしている村の子だ。

あっというまに和尚の身体《からだ》にぶら下がり「ねぇ、あるよね」「お餅」と甘えた声をあげる。

「あるとも。今日はそこの秋光さんが持ってきてくださった。感謝して、いただいて、残ったぶんはうちに持ってお帰り」

想見が柔らかく告げると、子どもたちがきらきらとした目で秋光を見上げた。

こうなってしまうと、もう、なし崩しだ。

「はい。では、餅の支度もしましょうか」

秋光は、目を伏せ、盆を抱え、瓶子《へいじ》を手に取った。

瓶子は、ぬるくなっている。

「長話をしてしまったせいで、少し、冷えました」

つぶやくと、

「それくらいでいいでしょう。おふたりとも、お入りください。まずは身体をあたためてください」

想見が部屋に戻った。子どもたちが後をついていく。

続いて、鬼が。

瓶子を盆に載せ、秋光は一番さいごに後をついていき部屋の戸を閉めた。

その後——。

子どもらをもてなすのもいつのまにか秋光の役目となった。動ける者が動けばいいだけなので、異論はない。

皿と箸を用意し、庵《いおり》にあったきなこもまぶして出した。砂糖があればご馳走《ちそう》だが、さすがの想見も砂糖までは備蓄していないようである。

すぐに器に盛りつけて出すと、

「美味《おい》しいね」

と言い合いながら子どもらが餅に歓声をあげた。

笑いあう声が、耳に、心地よい。

この子らは、以前は、骨にそのまま皮を張りつけたのかと思うように痩せていた。が、いまは頬に肉がついている。笑うと浮かぶえくぼが愛らしい。

帝《みかど》の治世のおかげで、暮らしぶりがよくなったためだった。

鬼は、無言で、しかし目を細めて子どもたちが互いの皿を見比べながら餅を頰張っているのを眺めている。

きっと鬼も、無心にものを食べる子どもらに安らぎを感じているのだろう。見つめるまなざしが、柔らかい。

ふと、秋光の口元が綻んだ。

秋光が覚えている内裏での記憶は、あまりいいものじゃない。貴族たちはたいがい、自分勝手でろくでもなかった。それでも、ろくでもない日々のなかにも、美しいものは、あったのだ。

こんなふうに、誰かの笑い声を心地よく聞けたときが、あった。

見ているだけで心があたたまる景色もあった。

たとえば——と思い返した途端に、秋光の脳裏に浮かんだのは、女性の手だ。

——あの人の顔が思いだせないときでも、手だけはずっと覚えていたんだっけ。

ときどき薬の匂いをさせていた。鼻の穴の形とか、小刀の使い方とか、猪《いのしし》と戦った武勇伝とか。

断片的な記憶のどれもこれもが、おかしなものばかりで——。

薬草を摘む手。薬を煎じる手。薬の匂い。木刀の振り方。跳びはねる足。駆けていく背中。

怒ったときにつっかかってくる、挑むような強い目。

泣くときはいつも、悔しそうに、歯を食いしばって泣いていた。

それらすべてが秋光の心の奥に「美しいもの」としてしまわれている。こんなに馬鹿げた、妙な思い出ばかりなのに。大切で愛おしい気持ちと共に、思いだすたびにひとつひとつの記憶が丁寧に磨かれていく。

胸の内側を誰かに直《じか》につかまれたような痛みと衝撃が走り抜け、一瞬、息がつまった。

「喉をつまらせないように気をつけて。ゆっくりとお食べ」

想見が子どもたちに言い聞かせる声が、妙に遠く聞こえる。

「はーい」

と子どもらが応じる声で、意識がいまに戻ってくる。ふうと吐息を漏らし視線を向けると、子どもたちはなにがおかしいのか、くすくすと笑いあいながら、互いの肩をこづいている。

——遊びながらものを食べられるのは、余裕のあるしるしだ。

飢えているときは、そんな余裕もなく、ただひたすらがつがつとむさぼる。人のぶんも奪って食べる。目の前の子どもらには、そういう飢餓がない。

——主上《しゅじょう》のことは気に食わないけれど、ちゃんと政治をやってくれている。

そこは認めたい。

貴族は自分たちのことで手一杯でも、主上と正后《せいごう》がふたりで少しずつこの国を変えていってくれている。

「こんなふうに子どもらが餅を食えるなら、いまの都の政治は、悪くないですよね」

ぽつりと言うと、鬼が「まあな」とうなずいて、

「主上と后《きさき》の、あのふたりだから、変えられたんだろう」

と続けた。

秋光は思わず鬼を見る。

「あなた、主上と后のことは認めてるんですね」

「どうしようもない。暮らしぶりがよくなってきたんだから認めるしかねぇだろうよ」

ふてくされた言い方でそっぽを向く鬼に、秋光は小さく笑った。

「だったら、あなたももう鬼であることをやめて、こちらに来てはどうですか？　桜の大《お》臣《とど》と橘の大臣は、あなたにもなにかの役目をくれるでしょう？」

「そういうのは向いてない」

「桜の大臣や橘の大臣よりは、あなたのほうが向いているはずですよ」

桜の大臣は貴族と馴染《なじ》もうとしない野蛮さを剝《む》きだしのまま過ごしているし、橘の大臣の大雑把さと、迂闊《うかつ》さといったらないのである。彼らが適当にやってのけたことの尻ぬぐいに、秋光がどれだけ走りまわっていることか……と言いかけて、それがなんだかおかしくて、また笑ってしまった。

――僕は、毎回、そうやって人の間を走ってまわっているんだな。

前も同じようなことをしていたと、思いだしてしまったので。

そういうのが自分には向いているのかもしれないと思う。一度記憶を失った後に、また戻ってきて、似たようなことをしているのだから。

「でも俺は……和尚に頼んで、僧になろうかと思っているんだ」

鬼が言った。突然だった。

「僧？　仏僧ですか？　それこそあなたに向いてないような気がしますが。いや、僧のことをそこまで僕は知りませんけど。修行もつらいし、あれってけっこう人間関係も大変で、上にこびへつらわないと苛《いじ》められる」

鬼が眉を顰《ひそ》めて「ひどいな」と言った。

「事実です」

鬼がやっと、秋光の顔を見た。

「それでいくと、おまえのほうが仏僧に向いていそうだな」

僧に向いていると断定されてしまった。

「はい」

そして秋光はそれを肯定した。秋光はなんでもできるので、僧にだってなれる。胸を張って言い切れるくらい、わりと自分はなんにでも向いているし、どうとでもなれる。

うなずかれたのが嫌だったのか、鬼がちっと舌打ちをして、またそっぽを向いた。

「そうか。そういうのもありですね。考えたことなかったけれど、この先、僧になるのもいいかもしれない。寺社に所属するんじゃなく、想見さまのように小さな庵を作ってそこで人に読み書きを教えたり……あるいは居場所を定めず、旅を続けるような」

秋光が言うと、鬼が聞き返す。

「行宜《ぎょうぎ》かいう奴みたいな？　やたらあちこちにいって、たくさんの書を残した？」

鬼の言葉に秋光は目を見開いた。

行宜の名は鬼のあいだにも轟《とどろ》いているのか。

「たくさんっていっても、あれはすべてが行宜さまのものってわけじゃないという説もありますよ。行宜の書は多すぎるし、時代もばらばらで――行宜の名をつけているものがすべて当人のものだったら、二百年くらい生きてることになるみたいですし」

「よく知ってるな」

「僕はなんでも知っているんです」

しれっとして応じると、二度目の舌打ちをされた。

「……胡散臭《うさんくさ》い。ああ、うちの頭領も、やきがまわったもんだな。おまえなんかに頼って」

鬼が言う。

秋長ではないと否定する気が、とうとう失《う》せてしまった。否定してもしなくても、きっと同じ答えが戻ってくるだろうから。

「僕は頼り甲斐《がい》のある男なんですよ。仕方ない」

秋光の言葉に、鬼が「はっ」と笑う。

「でも、そうだな。おまえは小ずるくて、器用な男だ」

「はい」

「有明姫も、おまえみたいに内裏から逃げだせばよかったんだろうな。ひとりじゃあ無理だったろうから、俺が逃がしてやりゃあよかったな。あの姫は、俺を助けてくれたのに――俺はあいつを逃がせなかった」

鬼は、秋光に話したいのではなく――秋長に話したいのだろうか。あるいは誰に聞かせるわけでもない独白か。

事情を聞かぬまま、秋光は手元の杯を飲み干した。

鬼もまた、悔やむ顔で己の杯を干した。

胃の内側がぬくまっていく。

ふたりの小声の会話を気にもとめず、子どもたちはずっと、笑いあっている。頬をふくらまして変な顔をして、ふざけていると、想見が「こら」と優しい声音で叱りつけた。

「食べているときに遊んではいけないよ」

「はーい」

そうしながら、想見は、硯《すずり》を用意し墨を磨《す》りだした。

餅を食べていた子どもたちが「え」と声をあげる。

「今日は手習いはしないよ。餅を持って帰るんだからっ」

子どもたちの不服顔は見えないけれど、声の調子で把握できているのだろう。想見は
「わかってますよ」と笑って応じた。

「これはあちらの大人の人のぶんですよ」

想見が手で差し示したところに座っているのは、鬼である。

子どもたちが、目を丸くした。

「大人の男の人も、手習いをするの？」

顔を見合わせそっと尋ねる。

「するんですよ。あなたたち、手習いの邪魔をしてはなりませんよ。そろそろお腹《なか》もくちくなったでしょう。そこにある餅を持って、お帰りなさい」

「はーい」

子どもらは、急いで餅を頬張って、帰り支度をはじめた。居残っていたら、筆を持たされるかもしれないと思ったのだろう。慌ただしく立ち上がり「またね」「ごちそうさまでした」と想見にお礼を告げて、部屋を去る。

「では」

と想見が鬼に顔を向ける。

「そろそろ身体《からだ》もあたたまったでしょう」

ちょうど瓶子《へいじ》が空になっていた。見えていないはずなのに、想見は、なにもかもを見通している。

「ああ」

鬼はずりっと膝行《いざ》って、想見が墨を磨った文机《ふづくえ》の前に移動した。

背筋をのばして座った鬼が、手本の経文を横に置き、筆を手に取る。たっぷりと墨を含ませて、呻吟《しんぎん》する。

「僕も写経をしようかな」

それに意味があるかどうかは別として――よく知らない、幼かった有明という姫のために経を書こうかと、口にする。

想見が「はい」と答え、秋光のために文机をひとつ、空けた。

鬼は、なぜかちらっと秋光を見て「帰れ」と言った。

「帰れ？　いま？　なぜ」

鬼が口を尖《とが》らせ、ふてくされた顔になる。

「おまえは、きっと、写経も如才なくやり遂げるんだろう？　貴族だったからな。俺は……経の意味も、よくわかっていないんだ」

誰に対しての言い訳かわからない、そんなことを口に出し、ひとつひとつ確かめるようにして筆を動かす。

「和尚だけなら、見えてないから間違っててもなにも言われやしないけど、おまえがいるから」

「僕がいるから？」

「経文が間違っていても気持ちがこもっていればそれでいいって和尚が言っていたけど、そういうもんでもないんだろうから——くそっ。俺はどうせ僧にはなれんよ。なれたとしても向いてないんだろう」

口のなかでもごもごとそんなことを唱えながら鬼が写経をする。

はじめはのびていた背中がすぐに丸くなり、顔を経に近づけ、眉間にしわが寄る。

鬼が書く文字は——拙かった。

書きすすめる速度も蝸牛《かたつむり》の歩みより遅い。ひとつひとつたしかめて、何度も見比べて、手や顔に墨をつけながら、一文字一文字、書いていく。

その文字を見た途端、小さな切り傷が冷たい風にさらされたみたいに、胸の奥がきゅっと痛んだ。

この鬼は、と秋光は思った。

この鬼はずっと文字を書くことなく大人になったのだ。いまになって、儚《はかな》くなった有明姫のためだけに、想見和尚に頼んで手習いをし、筆を手に取っている。

子どもが手習いで書くような文字が白い紙に散らされていくのを、秋光は、ぼんやりと見つめていた。


その二日後――。

正月十七日――貴族たちが弓を射《い》って競う射礼《しゃらい》の日であった。

見上げる空は、薄曇り。

高いところで日が輝く鋼色の冬の空を背景に、葉の落ちた木々が枝をのばして影絵になっている。

「いつもならこれって高位の貴族しかやらない神事じゃないですか。なんでまた僕が？」

突然呼び出され「出ろ」と言われた秋光は、弓を渡され、首を傾《かし》げてまわりに問うた。

滝口《たきぐち》の武者が射礼に出るなんて聞いたことがない。

「そんなこと言われたら、自分は薬生《やくせい》ですよ？　薬作るのが仕事だから弓なんて射ったことない。絶対にこれは、秋光さんのついでなんだ。とばっちりだ」

秋光の隣で、不慣れな狩装束を着せつけられて左腕に射籠手《いごて》をつけ、革でできた手袋をはめた征宣《ゆきのぶ》が不服顔で棒立ちしている。

出《い》で立《た》ちだけはすっかり武士だが、立ち姿は猫背で弓の構え方すらわかっていないのが透けて見える。

「秋光さんと一緒にいると、目立つんだよ。あんたは、きらきらしてるから。女官たちも武士も貴族もみんな、あんたを頼るし。側にいると、ついでに引き立てられる。本当にもう」

征宣はぶつぶつと文句を言い続けている。

引き立てられたのかどうかはわからないが、とばっちりなのは同意する。

たまたま征宣と一緒にいたときに、上司の命令で射礼の会場に向かえと言われたのだ。ついでのように引きずられた征宣には申し訳ないことになった。

――桜の大臣《おとど》が「来たやつから順に射っていけ」と無茶ぶりをするものだから、流れで征宣までも弓矢を持つことになってしまったのである。

今年の射礼は、秋光の聞き及んでいるものとはまったく違う形になっていた。

まず、場所が違う。

健礼門《けんれいもん》の外の道に場をしつらえ、平民たちにも見られるようになっている。

こんな射礼は、はじめてのはずだ。

そして、面子《めんつ》も違う。

高位の貴族だけが出るものなのに、有象無象がたくさんいる。

——あそこにいるの、船大工だったような。

征宣の逆鱗に立つ人物を見て、秋光は首を傾げた。

年末くらいから桜の大臣が帝《みかど》と話し合い、有名な船大工を西から呼んで、なにかを頼んでいたようである。

いつもなら秋光があちこちの連絡係として使われるのだが、事情があって、橘の大臣の用件で走りまわることが多くなったため、昨今は、桜の大臣に細かい仕事を頼まれなくなった。

どうやら桜の大臣と帝のふたりは大きな物事を動かしているらしい。

面倒事に首をつっこみたくない秋光としては、その案件からは遠ざかりたい。そのため、橘の大臣とその妻である明子《あきこ》のあいだを行ったり来たりすることに忙しいふりをし続けている。

——そういえば異国の船が西のほうで遭難して見つかったって報告が来てたのを見たような気がするなあ。

見ないようにしているのに、見てしまったり、察してしまったりする自分の要領のよさや物覚えについて若干辟易《へきえき》しつつ、そんなことを考えた。

異国の船は月薙国《げっていこく》の船より頑丈で、大きいものだったと聞いている。鉄を使って一部を補強し、耐久性も高いらしい。

月薙国のいまの知識では建造のできない船の発見に、帝はひどく興奮し、すぐさま自分も現地にいって実物を見ることを願ったらしいが、「他にやることが目白押しなのに、長旅をされては困ります」と臣下に引き止められたのだとか。

かわりに桜の大臣を西に向かわせ――桜の大臣は船大工たちを帰りに都に連れてきて――頻繁に文が行き交わされ、大工たちも行き来していた。

帝は造船について一家言があるようで、設計図を自ら引いてみせたとか、なんとか。

それはそれとして――。

なんの役職ももたない船大工に、弓を射させるとは、何事なのだろうと秋光は首を傾げる。

内裏での射礼は、貴族しか参加できない。

内裏に入るには地位が必要なので。一定以上の地位を持つ者しか足を踏み入れられないのが内裏なので。

しかし今回は「内裏の外に」射礼の場が設けられている。

――だから平民でも参加できるんだろうけど、こんなに雑多な、なんでもない民びとたちに弓矢を渡して大丈夫なのか？

神事だったはずなんだがと、周囲を見渡し、再度確認する。

道の端には、桜の大臣と橘の大臣という、猛々《たけだけ》しいふたりが、射礼の射手たちを監視するように立っている。

桜の大臣の赤い髪が雑にかぶった烏帽子《えぼし》の下で揺れている。

橘の大臣はひときわ大きな身体で仁王立ちし、

「まあまあ、そんな気張ることはねぇ。的をはずしても叱られることもない。好きにしろ」

と大声で言っている。

――神事のはずなのに的を外したら不吉でしょうが。

秋光は思わずこめかみに指を置いて、うつむいた。

――どこの馬鹿がこんなことをしようと思ったんだ？　誰が考えて、なんの目的ではじめたのかわからないもんに、僕を巻き込まないで欲しいんだけどな。

要領良く生きている秋光であるが、そのぶん、口に出さない心のなかの声は相応に腹黒かったり辛辣だったりする。

でも、と思う。

風通しの良さは、感じられる。

内裏はずいぶんと自由な場になり、帝や后《きさき》と民びとの距離が縮まり、民びとは帝や后に親近感を抱きだしている。この帝と后なら、この先、自分たちのための政治をやってくれるだろうという強い期待が、彼らの立場を後押ししている。

ふと横を見ると、征宣はまだ四苦八苦している。

「……征宣さん、あなたが持たされたのは鏑矢《かぶらや》だ。音がするやつ。放ったときに音に驚いて転んだりしないでくださいね」

全員が鏑矢ならばまだわかるが、いま、並べられた射手のなかで鏑矢は征宣だけだ。

――僕のついでに連れてきたってことがわかるように？　他の射手たちとは別だというしるし？

「なんでそんな矢、くれるんだかなあ」

征宣がぼやいた。

「それは僕も聞きたいですよ。鏑矢は、魔を祓《はら》うために音を鳴らす矢だ。鏑矢ならばいっそ僕が射ってもいいんだけどなあ」

外したら縁起が悪いから、と、心の内側でそっとつけ加える。

――神仏を気にしないといいながら、けっこうこういうのを気にかけてしまうのも、貴族だったときの名残《なご》りかもしれないな。

「一応、射場のお祓いはしたみたいだけど、射手や見ている人たちのお祓いはしてないみたいだし」

秋光は小声でそう続けた。

弓矢というのは邪気を祓うとされている。

ゆえに月薙国の都の射礼は、神官が最初に矢を放ち、その後に、貴族の、弓の名手たちが国と帝のこれからを祈り、寿《ことほ》いでから的に当てるものだった。

秋光の話を聞かず、征宣は、首をひねりながら、ああでもないこうでもないと弓を構えている。

しかしどうやっても「それじゃあ矢が的に届かない」というような構え方しかできないのであった。

——仕方ない。

秋光は嘆息してから自分の弓を肩に背負い、征宣の背後に立って、彼の手を取った。

「背筋は、のばして。左手でしっかりと弓を押さえて。ああ……だけどあなたはなにをするんでも力まないから、いいなあ。腕も身体《からだ》も、綺麗《きれい》に、しなる」

触れてみると、伝わる。征宣は一切、身構えていないせいで、身体の位置を触れて矯正するだけで、きちんとした射手になりそうだ。

おまけに案外、筋力がある。そういえば薬草を採取するには山道を歩いてまわるから足腰が鍛えられるし、干したり、すり潰したりするので腕も鍛えられるし、薬作りは身体の鍛錬になるのだと〝あの人〟が言っていたっけ。

「的を見て——まっすぐに。矢ははずしても弦にはめて——そのまま力いっぱい右手を引いて。胸を開いて」

そう、そのまま――と言うと、

「いつまでこのままでいるんだ？」

と征宣が問うてきた。

「鉦鼓《しょうこ》が鳴るまで。あれが鳴ったら射よの合図です」

健礼門の横に、弓を射る合図のための鉦鼓が置かれ、兵衛《ひょうえ》の男が金属の桴《ばち》を持って立っている。

秋光たちが顔を向ける真っ正面――大きく開けた道の真ん中に的がある。

そして、射手をつとめる秋光たちの背後に、木材と布の幕で陣が作られていた。

例年ならば、すぐ側にある豊楽院《ぶらくいん》に帝のための席を作り、そこで射礼を眺めるはずだが、門の外に場を作ったため、こういうことになったのだろう。

今日は布幕で日差しと風を遮った陣に、床几《しょうぎ》を置き、そこに帝と正后《せいごう》が座っている。

――後ろから僕たちのことを見定めているって、趣味が悪いっていうか。

背中に視線が刺さるようで、居心地が悪い。

視線の端で、鉦鼓に向かう兵衛の手が動くのが見えた。

チリン。

そこまで大きな音ではない。下手をしたら聞き逃すかもしれない金属音を合図に、他の射手たちが矢を射った。

「射ろ」

と言い捨て、秋光は手を離し、自分の弓を構えると目当ての的の前にさっと移動した。

当たれば、それでいい。

細かいことを気にした射礼の儀ではなさそうなので。

征宣の鏑矢が、ぶぉんぶぉんと大きな音をさせて飛んでいった。

矢は、かろうじて、的の端に刺さる。

そして秋光の射った矢は秋光の的のど真ん中に刺さり、ぶるんと矢羽根を震わせたのであった。

「お」

と征宣が目を丸くした。

「やった。ありがとう。秋光。あんたは本当になんでもできる」

続いて、征宣は嬉《うれ》しそうにその場でくるくると回りだした。

「回らないでください。帝と后に拝礼して、すぐにここから去って、次の射手と交代なんだから」

小声で叱責し、身体を反転させて、布幕の下に座る帝と后に正しい角度で頭を下げる。

征宣もぎこちない仕草で、秋光に倣って拝礼した。

その場にいた射手は五名。横一線に並んだ射手はそれぞれ、役職はばらばらだし、貴族としての地位は低い者ばかりだ。

が、全員、とにかく的には、当てた。

「良い矢であった。特に、秋光の射るさまは美しかった、褒美を取らせたい。近くに」

帝《みかど》の朗朗たる美声が響き、秋光は、仕方なく前に進む。

――射るさまがって、しきたりにのっとってもいない、乱暴な矢だったぞ？

くっきりと整った帝の顔に、布幕が影をつくっている。隣に座る后の顔も暗く陰っている。ふたりの表情は秋光からは、よく見えない。

――そういえば、耳が鍵だ、と。

耳をさらしてはならないと征宣が言っていた。そんなことを気にかけるのは征宣くらいと思っていたが、帝と后は、征宣と同類かもしれない。他の者が気づかないことに気づいてしまうような、ふたりではないだろうか。

秋光は、記憶の一部しか戻っていないけれど、秋長なので。

そしてそれを隠して過ごしているので。

知られたくない。

――耳がはっきりと見える距離まで近づかなければ、大丈夫か。

布幕が四角く暗い影を地面に押しつけている。

くっきりと線で引いたように、帝と后が過ごす場所だけが暗い。

影の届かない場所で、秋光は、膝をつく。

跪《ひざまず》いた秋光の足もとは、白茶けた土が明るい日にさらされている。

「秋光は信濃《しなの》で生まれ育ち、縁があって、滝口の武者となったと聞いている」

帝が言う。

「はっ」

「橘の大臣《おとど》とは特に親しい仲だとも聞いている。此度《こたび》の射手は、全員が、桜の大臣と橘の大臣の推薦に従った。武に巧みな男の目利きの意見だ」

つまり──実戦に向いている男たちだけが集められたということか。

これは神事ではなく、訓練か？

──まさか戦が近いのか？

ゆっくりと顔を上げる。

帝は狩りでもしているような鋭い目で、秋光を凝視している。上から下、手も耳もなにもかもを検分するように、ひとわたり眺め、

「ところで、桜と橘は都に近い里の出のはず。信濃で暮らしていたおまえと、どこで、どうやって知り合ったのだ？」

と、わずかに身を乗りだして、そう言った。

「信濃の地の、僕が過ごしていた里の近くに、鍛冶を生業とする者が集う山村がございました。大臣たちとはその山村で出会いました」

「畑を耕していたおまえが、どうして、鍛冶職人のもとにいく必要があった？」

「鍬《くわ》や鎌を買いに。鍛冶職人が作るものは刃だけではございません」

——あのときはまだ桜の大臣は「鬼」であった。

そして天狗《てんぐ》鬼と呼ばれていた男は、秋光を見た途端、剣を抜いて斬りつけてきたのだ。

「ああ、そうだった。言われてみれば、桜の大臣からおまえとの出会いの話のさわりだけを聞いたことがあった。かつて戦ったことのある、とある男に、おまえがそっくりだったせいで、物騒なことをしでかした、と」

桜の大臣に事前に聞いているのに、あえて、秋光に確認をとってくるのか。

——性格が悪い。

辻褄《つじつま》のあわないことを言わないでよかった。

「はい。僕に似た顔の男は、いろいろなことをしでかしていたらしいですね」

桜の大臣は、秋光のことを秋長だと勘違いして、都から来た斥候《せっこう》だと疑い斬りかかったのだと後に聞いた。

山里で——殺気を迸《ほとばし》らせて斬りかかってきた「鬼」に、秋光は手元にあった鎌で応戦した。咄嗟《とっさ》に身体が動き、ふたりのあいだで火花が散った。鍛冶を仕事とする鉄火場慣れした男たちは、いきなりの戦闘を止めるでもなく、やんややんやと囃《はや》し立《た》てていた。

——僕は、あの日までは、過去の記憶を失っていたのに。

鬼と戦うことで、それまでぼんやりとしか思い出せなかった記憶の一部が胸の内側を過《よ》ぎったのだ。

鎌で刃を受け、はね除《の》けて、一閃《いっせん》。

その刹那、欠落していた記憶の断片が、頭のなかをはらはらと舞っていった。

——秋長という名前の男で都で貴族として過ごし——好きな女がいたがその相手は入内《じゅだい》して后《きさき》になって——秋長として三体の鬼と戦ったとき自分の傍らには帝と后がいて——信濃の地の行幸に同行し——彼女をかばって崖から落ちて——記憶を失い——。

好きだった女性の顔すらも思いだせなくなったのは、記憶から消してしまいたかったからなのかもしれないというような、報われない恋心が胸を締めつけた。

「なんでもできる役に立つ男だった。おまえに似ている」

帝が続ける。

その隣に座る后の顔はずっと陰っていてよく見えない。

「僕はなんでもできますけど役に立つ男じゃあないです。だから似てないと思います」

笑顔でそう言うと、帝が声をあげて笑った。

――ここで笑うっていうのが、腹立たしい。

でも、そういうところがきっと彼女にとっては魅力的だったのだろう。

――鬼たちはあれから僕のことを気に入って、なにかと話しかけてくるようになって
――食いつめた村人たちを連れて都に近い村を開拓しようとするときに僕のことも誘って
――なぜか帝の引き立てがあって内裏の貴族になった鬼はどさくさまぎれに僕を滝口の武者に押し込めて――。

なんだかんだで、いま、射礼で矢を射っている。

――桜の大臣はきっと僕が秋長だったことを知っているんだろう。それでも僕が「違う」と言い張るから「そういうことにしておいてやろう」と泳がせている。

秋長でも、秋光でも、役に立つならばどちらでもいいから。

――けれど、橘の大臣は僕のことを信用してくれている。彼は気の良《い》い奴だから。

秋光という別人だと納得し、都から離れた地に家を建てて住まわせている明子の世話をまかせてくれて……。よく言えば素直だし、悪く言うと頭がちょっと軽い。

「実に楽しい男だ。褒美に絹をとらせよう」

帝は傍らにいた従者から白絹を一巻き取り上げ、立ち上がって、秋光の側に歩いてくる。

踏みだした帝の足が陰から光へと進む。

秋光の前で止まり、褒美の絹を自ら差しだして――。

「帝の俺の役に立つつもりはないと、そう言うか？」

秋光にだけ聞こえる声でそうささやいた。

――この人は僕を誰だと思っているんだ？

秋光は帝の役に立ちたいのか、どうか。

そんなことを問いかけられても、言葉に詰まる。

――どうして都に来てしまったのかは、この国の未来のためで――その未来のなかには信濃で知り合った女性だけではなく、もしかしたらわずかの記憶しかない后のことも入っているような気もするし――后の側には、幼なじみの愛らしい掌侍《ないしのじょう》がいて、自分の母であった典侍《ないしのすけ》もいたのだと思いだし――会いたいという気持ちもあって――。

みんなが幸せそうなら別にそれでいいし、とって返してまた信濃で畑を耕して暮らすのもありかって思って――。

でも戻ってきた都で、千古はそこまで幸せそうには見えなかった。

かといってとことん不幸というわけでもなく、よくわからない暗躍をしていた。

――顔を見たらなにもかもを思いだすだなんてそんなことはなくて――それでも薬の匂いや、たこのある荒れた手や細い指は覚えているままのもので――胸がぎゅっと引き絞られる感触があって。

愛おしいと感じたのだ。

そして――気づいたら、また、彼女を好きになっていた。

なにによらがっているのか、好きな男と幸せになるよりも、共に倒れて不自由になるような道を模索して突き進んでいる不思議な女性。

それでいて、明子女御《にょうご》と橘の大臣という他人の恋には心を砕いて添い遂げさせようとする。

よくわからないことばかりをしでかす千古という女性に、また、恋をしてしまった。

でも、それでどうなる？

彼女は帝の妻だ。后だ。

しかも彼女は帝にとことん惚《ほ》れている。

惚れているのに、素直な幸せへの道を辿《たど》ろうとしない。

――あれだけ賢いんだから他のやりようもあるだろうに。

それもこれも、この、目の前にいる顔の造作の整った男が悪いと秋光は思っている。

いや――思っていた。

過去形だ。

結局――。

「あなたは民にとっての真心が〝米〟であるということを知っていらっしゃる。それは他にはない帝としての資質であると思い、信頼しております」

秋光は、帝の視線をはね返し、逆に睨《にら》みつけ、そう応じた。

彼は暗愚ではない。

むしろいい帝なのだ。

――おまけに強いし、后に惚れているし、ついでに顔がいい！

わりと自分は帝のことを認めていると思うと、少しだけ、悔しくなった。自分よりずっとだめな男だと思えたら、相手が帝であろうと后を奪ってやるのに。

そもそも后が帝を好きになっていなかったら。

そして帝も后を思っていなかったら。

相思相愛じゃあなかったら、后だろうがなんだろうが千古を連れ去るのに。

どんよりとしそうなものだが、なぜかどこか清々《すがすが》しいのだ。過去の自分がどんなふうに彼女を好きだったのかの詳細は消え失《う》せて、ただ「美しい宝箱」みたいに綺麗《きれい》な箱にしまわれている。

それでもまだ彼女に焦がれる気持ちはあるのだけれど――秋光は、相手が自分を思い返してくれもしないのに、攫《さら》ってきて無理強いするような質ではなくて――。

かつての記憶を心の裏側に沈め、秋光は絹を受け取って、にこやかに笑う。

「このような素晴らしい栄に浴し、感謝以外のなにを申し上げられましょう。主上《しゅじょう》のために役立つことができるのでしたら、それこそが喜びです」

この言葉も、嘘《うそ》ではない。

つい最近までは、帝《みかど》のために動くことは后と典侍と掌侍のためでもあったので。

でも、親王が生まれ、名のある大臣たちがすべて失脚したいまとなっては、東宮こそが内裏の中心となる。

——あなたのためにに役立つというのなら、妖后《ようごう》と名づけられてしまった彼女を攫って逃げてしまったほうが、あなたの今後のためにもなるかもしれないですよ？　この内裏で、妖后を自在にしたままで、政治をするのは大変でしょう？　あなたは、しなくてもいい苦労をすることになる。

でも、自分は后を攫ったりはしない。

きっと。

千古にそれを望まれていないから。

そんなのは、わかる。困ったことに、秋光は、わりとたいていのことがわかってしまう。いわゆる女心がどうかは別としていま現在の「千古心」はわかってしまっている。

——何度記憶を失っても、僕はあの人に惹《ひ》かれるのだろう。

そしていつも報われないなりに、あの人の背中を押すんだろう。

——あの面倒くさい女。

と、胸中で毒づきながら、顔が陰っていてよく見えないままの正后《せいごう》の姿を仰ぎ見る。彼女はどういう気持ちで自分を見ているのか。秋光が、秋長だったことに、気づいたのか。それとも、まだ気づいていないのか。

表情は見えないからこそ、彼女が笑ってくれていたらいいのにと、そう思った。

秋長だったときに命を投げだして彼女を救ったという事実は残っているのだけれど、もはや、恋愛の芯のようなものは抜け落ちてしまっているのだ。それがいいことなのか、悪いことなのかの判断はできない。

それでも、彼女に対して抱いていた好意は胸のなかで研磨され、いまでもきらきらと光っている。

小さな光は——笑ってくれていれば、という想《おも》いにつながる。

幸せであってくれればそれで。

自分の側じゃなくても。

不幸ならば連れ去って幸せにしてやりたかったけれど、彼女は別に不幸ではないし。

同じことばかりぐるぐると考え、彼女の側をくるくるとまわっているうちに、気持ちは濾過《ろか》されて透き通っていって、祈りに近いものになっている。大臣《おとど》や帝の使い走りをして、国がよくなるために尽力をしながら、民びとの幸福を祈り続けている。ついでのように、ただひとりの女の幸福も願い続けている。

この気持ちを、秋光は、もうはっきりさせたいとも思ってはいないのだ。

どこにいてもいい。

互いが遠くにいてもいい。

自分が幸せに過ごし、相手も幸せであってくれれば。

「変わらず、喰《く》えない男だ。俺にとっては、おまえはいつも〝そういう男〟であった」

どういう男かを聞く必要はないから、秋光は絹を捧《ささ》げ持ち、慎《つつ》ましく礼をした。

4

翌日である。

「まったく……どうなってるのよ」

昼の御座でひとりで座り、千古《ちふる》は、頭を抱えて独白していた。

──わかったことは報告するってのは、射礼《しゃらい》の場で、みんなの監視のもとに問いつめるっていうことだったの？

そもそもあの射礼はなんだったのだ。

内裏の外で、民びとを呼んで、弓を射させていた。あんなのは、なんでもありだ。

挙げ句、秋光《あきみつ》に褒美をとらせる帝を見て、千古は絶句した。

さすが帝は武闘派だ。

なにひとつわかっていないのに、秋光に対して、なんらかの釘《くぎ》を刺してみせた。

衆人環視のもとで、だ。

あんな直裁な手、千古だったら使わない。

思い返す度に、頭のなかで「なんなんだ」という言葉が回転する。

——まさかあれが主上の思っていた〝俺に惚れ直してくれるような采配〟なんじゃないでしょうね？

帝は、とにかく武に巧みすぎて、なんでも力で押し通すところのある男だから、そうかもしれない。

「もうちょっと、こう」

と、千古は声に出してしまう。

両手を掲げて、空気をこねてしまう。もうちょっと、こうして、ああして。なんとかして。取り繕って。

自分だったら、もう少し、こう……。

「普通にする」

つぶやいておいてなんだが「そうかな？」と自分自身に突っ込んだ。

普通って、なんだ？

結局、そんな風変わりな射礼であっても無事に終わり、全員が見事に的に矢を当ててみせるという素晴らしい成果を上げ、射礼の儀の後は無事にみんなで内裏の外で宴《うたげ》をはじめ、桜《さくら》の大臣《おとど》と橘《たちばな》の大臣ともども秋光をはじめ民びとたちも酒を飲み、浮かれた様子でたわむれていた。

それは、ちょっと楽しそうで、よかったと思う。

かつて帝に誘われて出向いた村の祭りと同じで、夜になると篝火《かがりび》を焚《た》いて、その炎の側で、老若男女が顔を赤くして、ふわふわと笑っていた。

——でも、なにがわかったかっていうと、特になにもわからないままだったわ。

桜の大臣と秋光の出会いの場や、出会った理由は聞けた。秋光は秋長《あきなが》じゃないと、相変わらず秋光はそう言い張っていた。

それだけで、さらなる真相を知るわけでもなく、すべてはそのままうやむやに終わった。

「つまり……なんにも前進してないのよ。主上が秋光を脅しつけて、いろんな民びとがけっこう弓矢が上手《うま》いっていうことを知って、主上や大臣たちと民びとたちが仲良くなっただけで」

千古は、はたとまた考え込む。

——主上はそれでよかったのかも？

いくらなんでも、そこまで考えなしの馬鹿じゃないだろう。思惑があって、ああしたはずだ。では、目的はなんだ？

どれくらいの時間、ひとりでぼんやりとしていたのだろう。

衣擦《きぬず》れの音がして、障子戸が開いた。

成子《なりこ》掌 侍《ないしのじょう》が障子戸に両手を添えて部屋のなかの千古を覗《のぞ》き込み、

「千古さま、蛍火《ほたるび》さまと紅葉《もみじ》さまがいらっしゃいました。久しぶりに囲碁の手合わせをお願いしたいとおっしゃっておいでです。お通ししてもよろしいでしょうか」

と、そう言った。

「蛍火さまと紅葉さま？　ええ、もちろん、いいわよ」

応じると、成子の後ろから、色香の権化のような美女と、絢爛豪華《けんらんごうか》で華やかな若い美女と、しっとりとした落ち着いた美女の三人が入ってきた。

柳の色の重に単衣《ひとえ》をまとった蛍火の女御《にょうご》と、白と赤の桜の襲に単衣姿の藤壺《ふじつぼ》の更衣の紅葉、そして濃い紅色と薄い紅梅の梅重ねの装束を身につけた蛍火の女官の信濃《しなの》の君である。

「蛍火さまがいらしたってことは、朝議が終わりましたのね」

千古の言葉に、蛍火がけだるげに「ええ」と応えた。

蛍火は紫微中台《しびちゅうだい》という地位を得て、女の身ながら朝議に参加しているのだ。さまざまな施策に意見をし、政治に関わって過ごしている。

「そうですか。お疲れのご様子。身体《からだ》によいお茶を成子に用意させましょう。ドクダミ茶はいかがですか」

登花殿《とうかでん》の女官たちが円座を用意し、火櫃《ひびつ》を部屋のすみに置いていく。碁盤が用意され、碁石を入れる碁笥《ごけ》も運ばれる。

「ありがとうございます。いただきます」

と蛍火と信濃の君が応じ、

「えー、あれ美味《おい》しくないからいらない」

と紅葉が断った。

「ですがあれはお肌にもよいものですし、体調を整えてくれます。お飲みになってはいかがですか」

信濃の君にたしなめられ、紅葉が「甘いものが出るなら、飲んでもいいけど」と小声で返した。

「甘いものも、持ってきてもらいましょうね。干した棗《なつめ》でいいかしら」

千古が口元を押さえて笑って言うと、信濃の君が、紅葉の膝を軽く叩《たた》いて、睨《にら》みつける。

紅葉と信濃の君は、立場も、過ごしている部屋も違うが、妹と姉のような仲なのである。

姉は、女官である信濃の君で、妹は紅葉だ。

そしてふたりを微笑《ほほえ》んで見つめる蛍火は、そのときだけはいつもの色艶や媚《こ》びとは別の、柔らかな笑みを浮かべ、保護者の顔になっている。

碁盤を挟んで、蛍火と千古が向かい合う。

その両脇で碁盤を囲うように紅葉と信濃の君が座った。紅葉は、器に盛られた干し棗を指でつまみ、美味しそうに食べはじめる。

ふたりは仲睦《むつ》まじい小鳥のように、澄んだ声で「美味しいわ」とか「このお茶は苦いわよ」などと囀《さえず》りあう。

彼女たちの声が高いのは、わざとだ。

碁盤を挟んで小声で語りあう千古と蛍火の会話が、周囲に零《こぼ》れないように、あえて姦《かしま》しくしてくれている。

「蛍火さまが相手なら私は黒でいいわね」

弱いほうが黒石で打つ。千古より蛍火のほうが囲碁は強い。

「そうですわね。正后さま、碁で、私に勝ったことはないですものね。いいところで引き分けくらい」

蛍火の細い指が、白い石をつまむ。ぱちりと音をたてて、碁盤に白石を置く。

序盤の千古はあまり悩まない。蛍火も、そうだ。交互に石を置き合いながら、さくさくと会話だけが進んでいく。

「そういえば、朝議で少し揉《も》めましたの」

結局、囲碁は口実で、重要なのは碁石を並べながらするこういう会話なのである。蛍火は、このために千古のところで碁を打つのだ。

紫微中台としての、彼女の務めのひとつだ。

「どんなことで？」

昔はもう少し取り繕った話し方をしていたが、千古はもう蛍火に対して「地」を出していいと決めてしまっていた。ありのままの話し方で、考え方で、蛍火に向き合う。違うと感じたら「違う」とか「だめよ」とか、そう言い返してくれるはずだから。

「天狗《てんぐ》の祟《たた》りを陰陽寮《おんみょうりょう》が言いだして——貴族の男たちもそれを小耳に挟んだらしいですわ。私は今日の朝議で、その祟りについてはじめて聞いたのですけれど」

「陰陽寮が主上《しゅじょう》に触りがあると、年のはじめに言っていたというのは聞いてるわ。天狗は、天の狗《いぬ》なので、天子に祟るものだとか？　それで、主上は、陰陽寮に行動を制限させられているって」

「そういう大事なことは、紫微中台にも伝えといて欲しいですわね」

蛍火が千古を軽く睨みつけてから、白石で、千古の黒石の行く手を遮る。

「ごめんなさい。わりと普通に、言い忘れてた」

「あなた、最近、気が抜けてるようね。よくないわ。私があなたを裏切ろうとしても気づかないんじゃないかしら」

「うん。そうかもしれない。だから裏切らないで、一緒に、この国を支えていって欲しい」

蛍火が「素直すぎて怖いわ」とつぶやいて、微笑んだ。

「そんなふうだから朝議で〝染殿《そめどの》の天狗〟の祟りだって噂《うわさ》が出てくるんだわ。昔のあなたならもっと早くに手を打てたし、根回しもしたでしょうに」

「染殿の天狗？　え、天狗の祟りじゃなく？」

「ええ。染殿の天狗も、天狗が祟ったものですもの。その可能性を示唆されて、陰陽寮はあなたの行動を制限するかもしれないわ」

蛍火が言った。

染殿の天狗とは、天狗が后《きさき》をさらってしまう忌まわしい姦通《かんつう》の物語である。

――天子がいつか天狗道に墜《お》ちるって陰陽寮が言いだすのは、不敬な予言だなあって口をつぐむけど、后が天狗に祟られてさらわれるなら箝口令《かんこうれい》が敷かれようと、あっというまに広まるかも。

貴族にも民びとにも、一定数、下種《げす》な話を好む層がいる。

「それは……困る」

千古は、よろめきかけて、思わず適当なところに黒石を置いてしまう。

続いて「そういうことか」と思った。帝《みかど》が「天狗の祟りを調べるな」と釘を刺した理由が、いま、伝わった。あの時点で、千古が思いつきもしなかった「染殿の天狗」の話を、帝は思い描いていたのであろう。

それを持ち出されると、千古は身動きできなくなる。そして千古がおおっぴらに出歩けば出歩くだけ「染殿の天狗」に近づいていく。奥まった場所で奥ゆかしく過ごさない后に、天狗が祟り、攫《さら》われてしまうなんて——いかにも貴族の男たちが好きそうな噂ではないか。

それで——「どこにいきたいか」につながるのか。

——私がここにいる限り、つかの間の自由しか与えられないと、あの人はそう理解しているから？　私が好きに飛んで行くなら内裏を離れるしかないのだろうと、そう見定めていたっていうこと？

なにかを怖いと言いながら——千古が帝を捨て去る未来を見つめていたのかもしれない。

——あのとき私を抱きしめながら。

腹が立つやら狼狽《うろた》えるやらで、千古は、ついなにも考えずに、手にしていた石をぽいっと打ってしまった。

「あなた、まずい手を、平気で打つのね。……この石は、死にました」

あまりに適当なところに置きすぎて、すぐに蛍火の白石に止《とど》めを刺されてしまった。

「最近のあなたは、頭、ここにあらずね。心はどこにあっても別にいいから、頭だけはちゃんと登花殿に据え置いてちょうだい」

ぴしりと言われ、千古は「はい」とうなずく。

はっと気づくと、碁盤の上の黒の陣地のひとつが、白で囲まれていた。

「あ」

と声を出したら、蛍火がくすりと笑った。

「頭ここにあらずだから、こうなってしまうのよ。今日はこのへんで、やめておきましょう。今日のあなたとの囲碁は手応えがなさすぎて、退屈ですもの」

返事を待たずに、立ち上がる。

紅葉と信濃の君もそれまで姦しかったのが、ぴたりと口を閉じ、立った。

「次はもう少し蛍火さまを楽しませる碁を打てるようにいたしますわ」

千古の言葉に、蛍火が、微笑んで、うなずいた。


蛍火たちが去った後の登花殿――。

猫の命婦《みょうぶ》が「なぁん」と胴体をくねらせて、千古の横にどてっと寝転んでいる。

夕餉《ゆうげ》の最中のことである。

猫の命婦は、千古たちの前に置いてある膳の上の魚が気になっているようだ。

「あなたが食べるには塩が利きすぎてるわよ。それに命婦は焼き魚、実はそんなに好きじゃないでしょう。あなたは生が好きでしょう？」

小声でたしなめると不満そうに「むぅん」と鳴いた。猫も老いると、人の言葉を聞き分ける。諦めたのか、膝に寄り添い丸くなった。

そうしたら床下でいつも侍《はべ》っている犬の捨丸《すてまる》が、切なそうに鼻を鳴らしだした。

「捨丸はなんでも食べるけど、あげないわよ、焼き魚。あなたは焼いたり茹《ゆ》でたりした肉のほうが好きじゃないの。もうちょっと待っていて。あとであなたが好きそうな骨を用意するから」

床下に向かってそう言うと、捨丸の鼻声が一旦、やんだ。

犬は耳が良《い》いし、できればいつでも撫《な》でられたいので、どこにいても千古の言葉を聞きいれて、なにかと自分の存在を誇示するのだ。

成子掌侍と典侍《ないしのすけ》は、猫の命婦にも犬の捨丸にも頓着せず、ただ、かいがいしく千古の世話をやいてくれている。

ちらちらと成子と典侍を見ながら、千古は、焼いた鯛《たい》の身を箸でむしった。

「成子、白湯《さゆ》のおかわりが欲しいんだけど」

「はいっ」

「それから捨丸にちょうどいい骨も」

「はい。命婦のためにおやつの煮干しもいただいて参ります」

「助かる」

成子が立ち上がって部屋を出たのを見届けて、千古はさりげなさを装って典侍に話しかける。

「典侍はどうして正月に私を薪で叩いたの？」

「縁起ものだからですよ。登花殿の女官たちの悲願です」

この人は、母になった人だと千古は思う。

子を生《な》して母になって、育てた女性だ。たとえどれだけ素っ頓狂で傍若無人であろうとも彼女はちゃんと結婚し、母になり、子を育て、そしていまに至っている。

典侍が眉を顰《ひそ》めた。

千古はよほど途方に暮れた顔をしていたようである。

「千古さま、登花殿の女官の禄《ろく》は暁《あかつき》の下《しも》家《け》の蔵から出ています。親王、もしくは内親王が育まれるのなら、女官たちはこの先の展望を描きやすい。人が、霞《かすみ》を食って生きているわけじゃあないことは、あなたさまもご存じでしょう？」

「うん」

「後宮で、あなたさまと共に、女官たちも戦っているのです。結婚と恋という戦いの結果、あなたさまはいまの地位を得て、政治についても意見をできるようになったのです。いまさら、私たちがずっと支えてきたこの戦場をあなどるようなことをおっしゃりだしたら、私は怒りますよ？」

「そうだよね。私が子を産むことが、女官たちみんなの願いなのはわかってる。あなどるつもりは一切ないわ。……それでも、教えて。典侍にとっても悲願なの？」

小声になった。

明子《あきこ》と橘の大臣の子を取り上げて、星宿《ほしやど》に育てもらっているこの歪《いびつ》な後宮で——それを知ったうえで典侍も千古に子を産むのが入内《じゅだい》した女性の務めであり、みんなの願いだと言いきるのだろうか。

「それが、女の、幸せなのかな？」

——いまさら、幸せがなにかなんて、そんなことを他人に聞こうとするなんて。

愚かなことを聞いていると、心の片隅で思う。それでも聞かずにはいられなかった。

「いいえ」

典侍の返答は潔い。

「ならば子を産まない女は不幸なのですか？　そんなはずがないことなど、あなたさまはご存じのはず。子がいようが、いまいが、人はいくらでも幸せになれる。不幸せにもなれる」

「うん。そうだよね」

「女の幸せなどと主語を大きくされても困ります。あなたさまの幸せは、あなたさまのもの。他の女たち——なんなら男たちの幸せもすべて——は、あなたさまの考えとも生き方とも一切関係がない。ご自身はなにが幸せだと思われているのです？」

「私は……」

昔なら「円満離婚で致仕をして、山にこもって薬草を煎じて、いろんな人たちの病を治しながら暮らすのが私の幸せよ」と胸を張って言えたのに。

いまはどうしても、心になにか固いものがつかえていて、そう言いきることができないのだ。

「どうして私が薪で尻を叩《たた》いたかの理由なら——姫さまがうじうじされて後向きでいらっしゃるようでしたから気合いを入れねばと思っただけです。案の定、こんなくだらないことを聞いてきた」

さらりと続ける。

「うじうじ……か」

——うじうじしてた？

していたのかも。

——蛍火さまには「頭ここにあらず」って言われるし、典侍には「うじうじしている」って言われるし、私のふがいなさときたら……。

頭を抱えてうずくまりたいが、そんなことをしたら、今度は典侍に本気で張り飛ばされてしまいそうだ。

「ええ。私や成子の願いを聞き入れず、あちこち歩きまわって、妖后《ようごう》にまでなっておきながら――たかが薪で尻を叩かれたくらいでそんなに泣きそうになっているあたり、あなたさまの今回のうじうじは、手がつけられない。……って、ああ、はい。わかりました」

なにがわかったのやらと見返すと、典侍は千古の真っ正面に居住まいを正して座り直した。

典侍は、苦笑している。

「千古さまは、まだお若い。少なくとも私よりはずっとお若い」

あまりに千古さまが勇ましく突き進まれるものだから、あなたがうら若き乙女であることをときどき忘れてしまいます、と典侍がつぶやいて、続ける。

「伺いましょう。いまさらですが主上《しゅじょう》との結婚でまだなにかを悩んでいらっしゃるのですか。あまりに馬鹿馬鹿しい悩みでしたら、尻を打つくらいではすみませんよ？」

図星である。昨今、えんえん千古が悩んでいるのは恋の悩みで、結婚の悩みなのだ。

「乙女って……妖后なのに乙女って、さあ」

「乙女であっても妖后になれるということを、あなたさまは証明されました。素晴らしいことですね」

「ひどい」

典侍がこうやって相手をしてくれるのだから、どうやら千古ははたから見ても、相当弱っているのかもしれない。

「……陰陽寮《おんみょうりょう》が、主上が天狗《てんぐ》に祟《たた》られているって言いだしていたのは知っている？　私が聞いたのは、昨年の終わり頃だった。箝口令《かんこうれい》がしかれてるらしいけど、典侍だったら、陰陽寮からの情報も小耳にはさんでるかなあって」

まずそこから聞いてみる。

「最近になって、陰陽寮が騒いでいるらしいことは、聞いております」

「じゃあその天狗の祟りが染殿の天狗かもっていう噂《うわさ》は？」

典侍の眉間に深いしわが刻まれた。

「それは私の耳には入ってきておりません。もし知っていたなら、千古さまに伝えています」

「そうだよね」

「いったい誰がそんなことを？」

「わからない。でも、朝議で話題になったんですって。蛍火さまが教えてくれた。……まあ、私は妖后だし……天狗に祟られそうではあるけれど」

仕入れたばかりの情報をもとに、頭のなかでくるくると思考を弄ぶ。

悪評が立ちやすい立場では、ある。

「染殿の天狗は……やられたなあって思った。私って天狗に攫《さら》われやすそうに見えたのかなって」

そう嘆息すると、典侍が半眼になり、

「で？ なんなんですか」

と千古に詰め寄った。

「でって、なにが？」

頭のなかが、かたかたと音をさせてまわっている。なにをどう組み立てて、この後をどう過ごせばいいのか。気にかけるべきはなにか。

だからまさしく「頭ここにあらず」で、条件反射のように聞き返した。

「千古さまはこういうとき一番聞きやすいことから聞いて場を濁す癖がおありです。私は染殿の天狗の噂は知りません。それで——他にも聞きたいことがあるのではないですか？」

——典侍も私のことをよく理解してくれている。嫌になるくらい。

帝《みかど》が千古を理解しているくらい。成子が千古を理解しているくらい。

あとは——そう、秋長が千古を理解してくれていたくらいには。

ふと、いまこの内裏に秋長がいたら、自分は秋長に染殿の天狗の噂があるかどうかを聞いたのだろうかと思う。

聞いたかもしれない。彼が異性であってもかまわずに「なんてこと聞くんですか」と秋長をげんなりとさせながら、平気な顔で「染殿の天狗の祟りについて、本当に陰陽寮なのか、それとも他の貴族からなのか出所を調べて」くらい言えたかもしれない。

でも――〝秋光には〟言えそうもないのであった。

――似ていても、違うから。

秋長と違って、千古は、秋光が怖いので。

怖いとは、なんだろうと自問してみたが、答えらしきものは千古の胸のどこにも浮かび上がってこないのだ。

いつから彼が怖くなったんだろうと思い返す。

間違いなく、施薬院《せやくいん》を手伝ってもらったそのときだ。

秋光は――千古に向かって「好きな男の側にいて、当たり前に子を産んで、笑ったり泣いたりしたらいい」と言って、まぶしい目をして千古を見た。

綺麗《きれい》な顔の男であることは知っていた。けれど、優しくて上品で雅《みやび》やかな面差しの彼が、あんな目つきをすることがあるとは知らなかった。

おまえが欲しいという目をしていた。まなざしで射貫《いぬ》かれて、心臓をわしづかみにしていく鬼の目だった。

――そう。私は典侍に聞きたいことがあったのよ。

成子のいないうちに聞かなくてはならないと焦りながら、どうしても口に出せないでいた言葉が——。

「典侍《ないしのすけ》。秋光って、秋長かな」

とうとう唇から、零《こぼ》れて、落ちた。

帝に示唆されてからずっと心にこの疑問を抱えて、月日を重ねて——聞けずじまいだったことをやっと聞けた。

しかし典侍は不思議そうに瞬《まばた》いて、

「なにをおっしゃっているのでしょう」

と聞き返してきた。

なんの動揺も、迷いもない、ただひたすら戸惑っているだけの困惑顔である。

「違いますよと、前にもお答えした記憶がございます。私が実の息子を見間違えていると、千古さまはそうおっしゃっているのですか？」

——さすが典侍。さっぱり心が読めない!!

別人だと確信していたらそのときはそのときで、もう少し、驚いたり、不信感を露《あら》わにしたりしないだろうかと典侍の表情を窺《うかが》う。

ふたりはほんのわずかのあいだ、互いの顔を見つめあった。

剣豪の見合いみたいになっている。典侍はこちらの出方を見守っている。千古が先に気持ちを露わにしないと、どうにもここから進まなそうだ。

結局、千古は、思っていることを素直に口にすることにした。

「あまりにも顔も声もやることも似すぎているんで、もう一回、聞きたくなったの。ごめん。あのね……聞いて気持ちいい話にならないかもしれないけど……私がいま思ってることみんな口にしてみてもいいかな」

まだそっと寄り添ってくれている傍らの猫の命婦を撫《な》でながら、言う。

成子は帰ってこない。この時間、台盤所《だいばんどころ》ではもう水の汲《く》み置きは少なくなっているはずで、それを見越して千古は白湯《さゆ》を頼んだし、煮干しだって骨だって、いろんな人に頼まないとならないから時間がかかる。

わかっていて、あえて頼んだ。

遠くまで出向いて用を足してもらうように仕向けたのだ。

「伺うだけは伺いましょう。どうぞ」

典侍の背筋がすうっと縦長にのびた。

「……私、秋長がいなくなったことがとてもつらかった。自分で思っていた以上に秋長は私にとって大切な人だったのよね」

「そのように思っていただけるならあれもさぞや誇らしいことでしょう」

典侍の声がわずかに和らいだ。

「誇らしいことなんて、なにかあったかなあ。私にいいように使われて、文句を言われてばっかりで……。けど秋長はいつだって、最後の最後には絶対に私を助けてくれた」

「はい」

「……秋長は要領がよくて、なんでもできて、しかも私になにひとつ無理強いをしない男だったよね。私、里にいたときには〝自分はもしかしたら秋長と結婚することになるのかな〟なんて思っていたこと、あったのよ」

いまさらの昔話をしんみりとはじめると、典侍の口元がわずかに綻び「はい」と言った。

「実は私も、そうなるのかと思っていたときがあるのですよ。私から秋長にやいのやいのと言うことはなかったのですが。あれは我が子ながら、決めるべきときに決めることのできない、間の悪い男でしたね。けれどそのおかげで千古さまは入内《じゅだい》し、正后《せいごう》になられたのです。いまがあるのは、過去のおかげ」

「そうね。そして未来の姿は、いまの続きよね」

猫の命婦が「なぁん」と鳴いて、千古の手に前足を押しつけてきた。おざなりの撫で方が気に入らないから、やめろといっている。猫というのは、心そぞろに撫でまわされると不服そうにするものだ。

「それで――秋光は、秋長に似すぎているの。見た目も声も、そつのないやり方もすべてがそっくり。側にいると怖くなる」

それで、と言いながら、ちっとも話はつながっていなくて。

でもそんなふうに、ばらばらに思いの丈を語るやり方でしか、千古は、秋長と秋光について話せない。

「怖く、とは？」

「似てるのに、ちょっとだけ違うのが怖いのよ。典侍は秋光を見ていて、そんな気持ちにならない？」

典侍の顔を見る。首を傾《かし》げ、また、目を瞬《しばたた》かせた。

「私は、そんな気持ちにはなりません。なにがどう、怖いのですか。秋光に、なにかあやしからぬふるまいでもされたのでしょうか。場合によってはこの私が叩《たた》きのめして参りますので、おっしゃってください」

事務的な口調でそう言った。場合によってはいますぐ立ち上がり、打ち据えてきそうである。典侍なので、やると言ったら、やり遂げる。

「やめてよっ。叩きのめすのは私が自分でやれるわよ。後宮で三番手で、内裏全体だと五番手以下でも……って、もしかして秋光のほうが私より手練《てだ》れだって、典侍はそう思ってる？　内裏で強い五番手以内に秋光は入っているの？」

「はい。秋光のほうが姫さまより強いでしょうね。あれは相応の修羅場をくぐってきた男です。覚悟が違います。ですから——秋長とは別人ですよ」

「修羅場と覚悟？」

「私たちの知っている秋長はもう死んだのです。私はそう思っておりますよ」

乾いた声だった。

「それって、どういう……？」

「姫さまこそ、どういうつもりで私にそれを問い質《ただ》《と》しているのでしょうね。姫さまに相応の覚悟がないのだとしたら、もうこのことをつつきまわすのはおやめください」

口角をわずかに上げ、典侍が一気にそう告げた。

──それって、どういう？

今度は口に出さずに胸中で同じ言葉をくり返した。

頭のなかで典侍の言葉がぐわんぐわんと鳴り響く。

どういうもこういうも、ないではないか。

「つまりあれはやっぱり……」

言いかけたところで成子が白湯を手に戻ってきた。

典侍が成子の足音に振り返り、話を切り上げる。

「これ以上、申し上げることはございません。私はなにひとつ知らないのです」

「そう」

あれが秋長で──なにかの覚悟を持って内裏に戻ってきたのだとして。

典侍はそれ以上の事情を知らないのだ。そのうえで、覚悟を持って挑むのでなければ捨ておけと千古に伝えた。

とはいえ、と、典侍は、成子から白湯を取り上げ、千古の膳の上に載せた。成子を見て、白湯を見て、千古を見て、ふ、と微笑《ほほえ》む。

「私と掌侍《ないしのじょう》はあなたさまの女官です」

「うん。ありがとう」

――今日は、ここまで。

典侍に聞いてもこれ以上のことは言わないだろう。

覚悟か、と思う。

覚悟なら千古には、ないのだ。千古は秋光の正体を自分の手で暴きたくない。

――彼が秋長なら、名乗らないのには理由がある。だから彼が自分の口で明かしてくれるまで、待っていたい。

秋長のことを信じているから、と、そんな想《おも》いがふわりと浮上し、ため息を漏らす。

だからこそ、帝は千古に、ああいうことを言いだしたのだ。

秋長を信じて待っている千古を、側で見て、苛立《いらだ》つことなく「待つ」と言っている。あんなに粗野で凶暴な男が、ただひたすら忠犬のように「待て」をしている。

――私、溺愛されてる。主上《しゅじょう》は私の気持ちが落ち着くのを、ものすごくしっかり待つつもりでいる。あの人、とことん、私の幸せを祈ってる。

「なんだこれ」

千古はつぶやいて、白湯を一気に飲み干した。

「なんですか。おかしな白湯でしたか。美味《おい》しくないですか」

成子がおろおろと聞いてくる。

典侍は無言である。

「ううん。なんでもないの。白湯は美味しいわ。ありがとう」

「……姫さま？」

千古は「ごちそうさま」と湯飲みを膳に置く。

そのまま、猫の命婦に手をのばし、指でまさぐる。ふかふかの猫の腹を撫でまわして、気持ちを落ち着ける。猫の命婦は迷惑そうに身体《からだ》をくねらせ、立ち上がった。

「はい。煮干しです」

「うん。ありがとう」

命婦の鼻先に近づける。命婦が煮干しを前足で挟み、口にくわえ、囓《かじ》りだす。

「骨は、あの」

「そこに置いておいてくれたら私があとで捨丸に渡してくるわよ。ありがとう。成子は捨丸がちょっと苦手よね」

「すみません」

しゅんとする成子の頬に、指をのばす。むにっとつまむと、成子がぷうっと口を尖《とが》らせた。むにむにしていたら、ざわついた心の表面がわずかになだらかになっていく。やっぱり成子の頬は、千古の精神の安定に効果あり。

「やめてくださいー」

「うん。やめる」

ひとしきりつまんでから指を放し、成子の頬をそっと指先で撫でる。

「そういえば姫さま――ご存じでしょうか。いま、白湯やら煮干しやらをいただきに台盤所や水汲《みずく》みやらに回っていたら、噂《うわさ》になっていて」

「噂？」

身構えて、成子を見る。

――まさか染殿の天狗《てんぐ》の噂？　それとも全然別の天狗の噂が？

成子は眉尻を下げて困り顔になっている。

「暁下大臣《きょうかのおとど》が伏せていらっしゃるようですよ」

「大臣が？」

天狗の噂ではなかったらしい。

「物忌みになってずっと屋敷《やしき》にも人が出入りできないままで、ご体調がよろしくないとのことです。同じ暁《あかつき》の下家《しもけ》の私たちにも隠しているなんて、ただごとではないような気がします……」

「けど、物忌みって、外に出るのが面倒なときの言い訳に最適なのよ。人に会いたくないだけじゃないかしら。ほら、昨年は火事もあったでしょう？　嫌な出来事が重なると、貴族って、すぐ物忌みに走るから」

「そんなふうに物忌みを口実に使うのは千古さまくらいですよ。暁下大臣は屋敷が燃えたあたりから、ひどく頼りなくなられたように思うのです。なんともないといいのですが」

いつでも、誰にでも優しい成子が心配そうにして、そう言った。

「そういえば、元旦の節会《せちえ》もいなかったし、いつも楽しみにしている白馬の節会にも来てなかったわね」

千古はしばらく暁下大臣と会っていない。

――屋敷を燃やしたあのときから見てないわ。

ひょっとして、陰陽寮《おんみょうりょう》に天狗の祟《たた》りの入れ知恵をしたのは、暁下大臣という可能性もあるのだろうか。

千古にしてやられて、帝《みかど》も千古も自分の手駒にならないと理解して、それでもあがいてできる策に打ってでたのかも。

「心配といえば心配よね。お見舞いにいこうかしら」

千古の言葉に、

「そうですよね。心配ですよね。千古さまの煎じられる薬湯はとても効くから、大臣のことを診てくださるといいんだわ。そうなさいませ」

と成子が両手をぱんと打ち鳴らして笑顔になった。

──私は、大臣が私を陥れようとしているかどうか見定めにいこうとしているのに。

善意の塊の成子の晴れやかな顔が、胸に痛い、千古であった。

その後──千古はすぐに牛車《ぎっしゃ》を用意して、暁下大臣の屋敷に向かった。

月も星もない夜だった。

暗い空を背景に葉のない大樹がざわざわと枝を揺らしている。

千古は馴染《なじ》みの壺《つぼ》装束に着替えている。徒歩ではなくても、そのほうがらくだと身体が覚えてしまったので。

屋敷に辿《たど》りつくと、門に、立派な手蹟《しゅせき》で『物忌み』と書かれた柳の木札がぺらりと貼ってあった。

物忌みになると屋敷の門は閉ざされる。誰も出ない。誰も入らない。

暁下大臣の屋敷はしんと静まり返り、取り次いでもらおうにも誰も出てはこなかった。

だからといって、そのまま帰る千古ではない。

牛車から降りた千古はそのために持参した木刀を手にして、門を威勢よく何度も叩いた。がこんどこんと激しい音をたてながら、

「もうし。暁下大臣の見舞いに参りました。入れてください」

と大声をだす。

荒々しい正攻法だ。力尽くで門を開ける気、満々である。もし開かないときは築地《つきじ》の破れ目を探りあて、潜り込むつもりだった。

入ると決めたら絶対に入る。

さすがの騒々しさに下人が顔を覗《のぞ》かせたのに「登花殿の正后《せいごう》です」と顔をさらして言い添える。

下人はぎょっとした顔で、手燭《てしょく》の明かりをかざし、千古の上から下まで眺めまわした。

「施薬院にいくついでに参りました。大臣に見舞いです。物忌みなのは存じておりますが、物忌みのときこそ役に立つ薬とお札をお持ちいたしました。功徳のある経文も、牛車につんでおりますの。気持ちの軽くなる練り香に、薬湯、それから見舞いとして木綿や絹をいくつか……」

「は、はい。いまお開けいたします」

ぎいっと音をたて、門が開いた。

どうやら千古の顔に見覚えがあったようだ。あるいはこれでもかという物量作戦に平伏《ひれふ》さざるを得なかったのかもしれない。それとも木刀で叩《たた》いたからか。そのどれもすべてが効を奏したのか。

理由はどうでもいいが、とにかく門が開かれた。

貴族の屋敷はどこも似たような作りだし、この屋敷に来たことは何度かある。勝手に大臣の部屋にいこうと思えばいけるので、

「物忌みなのに人を通したと叱られるのは、かわいそうだわ。よく知っている屋敷ですもの。案内はいらない。ひとりでいいわ」

と下人に言い置く。

「牛車から荷物を降ろすのだけ手伝ってちょうだい。大丈夫。誰がここを通したかは大臣には内緒にしておきます」

小さく告げると「はい」と下人が首を縮め、手燭を差しだした。

「明かりを貸してくださるの？　ありがとう」

受け取って、千古はそのまま、ひとりでするすると大臣の眠る寝殿へ足を運ぶ。

あちこちの障子や御簾《みす》が『物忌み』としるされた木札で封じられ、人の出入りがない。

火災のあとに急いで新築した屋敷である。柱から、新鮮な木の香りがする。廊下のすみずみまで掃き清められ、すべての出入り口を封鎖された屋敷は、千古がこれまで訪れてき

た暁の下家の屋敷とはどこかが違って見えた。

色のない世界に、色と光を手にして分け入っていく。

ひっそりとした暗い屋敷のなかで、粘ついてまとわりつく闇を光で裂いていく千古だけが異質であった。

手燭の明かりは鬼火となって、ゆらりゆらりと揺れている。

けれど、こんな小さな明かりでは闇を追い払うことなどできない。薄くひきのばすのが精一杯だった。

『物忌み』の木札が翻り、明かりに照らされた文字が黒々と艶を帯び膨らんで見えた。

千古は、ひとつ、またひとつと『物忌み』の木札を捲《めく》って、障子を開けていく。

寝殿から、甘ったるい香りが流れてくる。

ここまで香を焚《た》きしめることはなかろうにというほどの、濃厚な、くらくらとするような白檀《びゃくだん》の香り。

――こんなに厳重に、いくつもの木札を下げるだなんて。

封をして、厳重に包まれているのは――暁下大臣ではなく、大臣の形をした、おぞましい魔ではないのだろうか。

ふとそんな怖ろしい想像がこみ上げてきた。

――まさか。

浮かんだ妄想を振り捨てて、

「もぅし」

と千古は声をかける。

廊下を渡り、寝殿の間の障子に貼られた『物忌み』の札を捲る。

返事はない。どうやら大臣は奥の寝殿で、ひとりだけで伏しているようである。

「もぅし。登花殿の千古でございます。お見舞いに参りました」

がさりと布が擦れる音がした。

「……物忌みだと言うておる」

大臣の声である。

痰《たん》がからんだような、苦しげな低い声。

「生憎《あいにく》と私は妖后《ようごう》なもので物忌みも関係ないのです」

障子を開け、寝殿の間に足を踏み入れる。御帳台にも『物忌み』の札が貼られている。

ここまで入念に避けねばならない不吉や凶事とはいったいなんだ。

「そんなはずがあるものか。下級貴族の娘であったのが、図にのりおって」

御帳台の帳《とばり》の奥から大臣の返事があった。吐き捨てるような言い方だった。

千古は笑みを顔に貼りつけて「そんなはずがあるのですよ。図にのってはおりますが」

と即答する。

御帳台の帳に手をかけ、そっと掲げる。

明かりを差しかけると、夜着を羽織って横になっていた男が、うっとうしそうに千古を睨《にら》みつけた。

——誰？

暁下大臣は、もとは全体に丸く、福々しい男であったはず。

しかし寝込んでいるのは、千古の知る姿とは似ても似つかない、頬がそげて痩せた男だった。夜着から突きでた手首の骨が痛々しいほど浮き上がっている。

「無礼な」

けれど憎々しげに吐き捨てる、その声だけは暁下大臣と同じもの。

千古は、はっと息を呑《の》み、

「大臣……あなたは……」

とつぶやいた。

あなたは、の、その後の言葉が出てこなかった。

「呪われて、やつれて、人相が変わったから、別の誰かと思うたか。私が、なんだと言いたい？　起き上がれなくなった私をわざわざ見にきて、どんな罵り言葉を浴びせるつもりだ、妖后よ」

急に痩せたせいなのか、あまった皮膚がたるんでいる。

「お見舞いに参ったのです。罵り言葉の持ち合わせはございませんよ」

「見舞い？　噓《うそ》を申すな」

大臣が鼻を鳴らし、ごろりと身体《からだ》を傾けて、千古に背を向けた。

「ずいぶんとおやつれになられましたね。私にできることがあるように思います。どこか身体に痛いところはないのですか。診せてください」

手燭を脇に置き、反対側に回り込んだ。

嫌だと言われる前にさっと手首に触り、脈をとる。ひとつ、ふたつと、脈の速さを数える。

こんなに寒いのに大臣《おとど》は全身にびっしょりと汗をかいている。

振り払われるかと思ったが、大臣はされるがままになっている。もしかしたら、振り払うだけの力も、ないのかもしれない。

「どこもかしこも痛いし、痒《かゆ》い。傷の治りも遅い。手足も四六時中、しびれておるから歩行もままならん。そなたの呪詛《じゅそ》の成果であろうよ、妖后よ」

大臣の声が闇のなかを低く這《は》う。

「私は妖后ですが、呪詛はしません。祓《はら》うほうが得意です。それに私は、病気と呪いは別物だと知っているのです」

大臣は再び鼻を鳴らした。

枕元に水のはいった瓶《かめ》と、椀《わん》が用意してある。

「どうしてお側《そば》に人を置かずにいるのです？　私が大臣の汗をお拭きいたしましょう。いま、布と盥《たらい》の用意をして参りま……」

立ち上がろうとした千古の身体に、大臣の、のばした指がひっかかる。千古を引き止める骨張った指が、震えている。

「いくな。ここにいろ」

「……はい」

従ってしまったのは――彼の様子が、哀れなものだったからだ。

命じているのに、千古を見上げる彼のまなざしに、いつもとは違う懇願を感じた。

「物忌みなのだから部屋に人を呼ぶな。私はひとりで飲食を慎み、閉じこもって潔斎をしているのだよ。それに、私は、こんなみっともない姿を人の記憶に残したくない」

「みっともなくなどございませんよ。あなたは、ただ、病気なのです。お薬をお飲みになって、しかるべき処置をしたら、元気になるわ」

咄嗟《とっさ》にそう返し――けれど千古は「そうだろうか」と自分自身に問いかける。彼のこの病は、治療して治る類《たぐい》のものなのだろうか。

「水を」

大臣が言った。

「はい？」

飲食を慎んではいるが、水は別か。

「喉が渇く。――話しているとまた喉が渇いた。その水をくれ」

「はい」

千古は大臣の身体を抱えて起こし、瓶から椀で水をすくって口元に運ぶ。

――肩も細くなった。

ふたまわりくらい身体が小さくなっている。

ごくごくと水を飲む喉の動きを見つめ、小声で聞いた。

「目は、見えておりますか？」

大臣は目を細め、

「うるさい」

とそう返す。

飲み終えた椀が手から落ちる。からんと音をたてて椀が転がる。拾い上げ、水瓶の横にそっと置き直す。

大臣の身体から立ち上るのは甘酸っぱい不思議な匂いである。

部屋に充満する白檀の香りですらごまかしきれない、汗の匂い。独特のこの香りを、千古は、かつて嗅いだことがある。

「いつから具合がお悪いのです？」

小声で聞いた。

大臣は、だるそうに再び頭を枕につけた。

「いつからかなど忘れたよ。……薬で治るなど、よく言う。施薬院で世話をしているのになにも知らないわけではあるまいに。私は、自分の呪いの正体くらい、わかっているよ。これは飲水病だ」

——飲水病。

この病にかかったものは、喉が渇き、水を欲しがる。手足がしびれ、汗や尿から甘い香りをさせる。はじめのうちはただ甘いだけの体臭はじょじょに甘酸っぱいものへと変わっていく。

そして、罹患《りかん》してしまったものは、治らない。

おそらく暁下大臣の死期は、近い。

——どうしてこんなになるまで私は気づかなかったのかしら。

答えはすぐに心の内側に落ちてくる。

見なかったから、だ。見ようとしなかったから。

「食欲はおありですか？」

「酒なら欲しいが……いまは物忌み中だ」

「物忌みを終えても、お酒はお飲みにならないほうがいいと思います。それから、ずっと伏せていらっしゃるよりは少しでも動かれたほうが。桂皮《けいひ》を煎じて処方いたしましょう。今日は持ってきてはおりませんが、後ほど、用意いたします」

千古は、かつて暁下大臣を内裏から追い落とそうとした。屋敷《やしき》に火を放ってまで、力を削《そ》ごうとした。

だというのに、目の前にいる痩せ細って弱りきった男の姿を見ると、胸が痛む。

——追い落としたいといったって、儚《はかな》くなれとは思わない。

それが千古の甘さだとしても。

「用意されても、あなたの薬は飲まない」

すげなく言われた。

「ですが」

「目眩《めまい》がして歩けないのに動くことなどできるものか。いまはもう気晴らしは酒と美味《おい》しいものを食べるくらいしかない。この物忌みが終わればそのふたつを楽しむつもりなのだよ。それすらも取り上げるとは言わせない」

「少しでも大臣の命を長らえさせるためにですから、仕方がありません」

なにを言っているのだろう自分はと思う。綺麗事《きれいごと》だ。

——そもそもこの物忌みは終わるのだろうか。

「綺麗に死ねるなら、長く生きずともいい。だから、私を呪うな」

大臣が言った。

「ですから、私は呪ってはおりません」

どうだか、と暁下大臣がくぐもった声でうめく。

「それでもあなたは呪詛のやり方を知っている。私の屋敷を呪ったじゃないか」

「あれは……」

「同じ家のなかで、呪ったり、呪い返したりしても、なにもいいことはないのに」

――まともなことも、言っている。

呪ったり、呪い返したりしても、なにもいいことはないのだ。

「そんなこと私はとっくに知っていますよ。大臣――ご存じですか？　私は、傷つけるより、治すほうが好きなんです」

大臣が「はっ」と薄く笑った。

舌がうまくまわらないのだろうか。ときどき言葉がたどたどしくもつれ、聞き取りづらい。耳を近づけると、暁下大臣は疎ましそうに、顔を横に振った。

「この病、最期のほうには頭がおかしくなることもあると聞く。みっともない真似《まね》をして暁の下家の名に泥を塗るようなことは避けたい。私がなにをしようとも、見聞きしている者がいなければ、誰の記憶にも残らないし、人に伝わらない」

そのための『物忌み』だと、つぶやいた。

——理にかなっている。

自分と大臣との考え方が近しいことをこんなことで知ってしまった。暁の下家は風雅からは遠いが、考え方が現実的だ。

「自分の最期が噂《うわさ》になるのは、ご免だ。だというのに、あなたは『物忌み』の木札をかいくぐってやって来た。始末に負えない。あなたはいつだって私の言うことを聞かないね」

大臣の唇の端に、飲みこぼした水が泡となってついているのを、千古は懐から取りだした手巾《しゅきん》で拭いた。

「あなただって、暁の下家の娘であろう。私を哀れと思うなら放っておいてくれ」

大臣の目にうっすらと涙が滲《にじ》んでいる。

「あなたは入内《じゅだい》して后《きさき》となったのに親王をお産みすることもなく」

「はい」

「妖后になり、施薬院につとめ、外を出歩いて」

「はい」

「後に続く女たちはあなたのことをどう思うのだろうね」

濁った目が千古の顔を探る。焦点が定まっていない。

——これは、呪いだ。

長く続く貴族の女たちの呪い。子を産めと言われ続ける呪い。それが普通の女の幸せだと信じ込まされる呪い。

「よくぞやったと、喜んでくれる者もいると思います。全員ではないと思いますが」

「そうか」

そうか、と、もう一度、ささやいた。納得しているわけではないのだろうが、かといって非難をしているわけでもない。投げやりでもなく、否定してかかるわけでもない。妙に平坦《へいたん》な「そうか」だった。

「頼みがあるのだ」

「はい」

「あなたにつながる者たちのことを思うのと同じくらい、私の家と、家の者たちのことを大事に思ってくれないか？」

「…………」

「私のことは綺麗に死なせてくれ。私が静かに死ねば、暁下大臣の地位は、そのまま私の息子たちが継ぐだろう。権威を保ったまま、継がせたいのだ」

暁上家《きょうじょうけ》や、宵上家《しょうじょうけ》、宵下家《しょうかけ》の者どものような不名誉が後に残るのは嫌なのだ、と、吐息交じりにつけ足した。

「いまや四家のなかで名誉を保っているのは我が暁の下家のみ。だから、頼む。このままにしておいてくれ。もう私たちを呪うな」

「呪ってなど……」

呪ってなどいないと言いかけて、いや、呪ったことがあると言葉を止める。

画策し、追い落とし、屋敷を焼いた。

あれは千古が手をくだした呪詛《じゅそ》であった。千古の呪いは神や仏に頼るようなものではない。自分の手を汚し、確実に仕留めにいくものだ。

「あなたや主上《しゅじょう》がどう思っていようとも——私のやり方はこれしかなかった。それにな、正后《せいごう》よ。私の一族郎党と、私たちに仕えてくれる家人たちを、飢えさせるわけにはいかぬのだ」

ああ、と思って聞いている。

千古のまわりに女官たちがいるように、彼のまわりにも連なる親族と家人たちがいる。知っていたことだけれど、いまの彼に言われると胸に沁《し》みた。

人は誰もが、ひとりで生きているわけではない。そしてみんな、霞《かすみ》を食って生きているわけではないのだ。

——私は彼を私の手で呪った。

暁下大臣《おとど》だけではなく他家の男たちも。

大臣たちが墜《お》ちていくと、付随するまわりの人びとも沈んでいくのだ。

見据えたくない現実であった。

——あなたたちが悪いのよ。先にひどいことをしでかした鬼はそっち。喉のところまでこみ上がってくる言葉は、かつて、男たちが虐げてきた女子《おんなこ》どもに、したり顔で告げた言葉とまったく同じだ。

あなたがきちんとしないのが悪いのですよ。あなたがそのようなふるまいをするから、こうするしかなかったのです。

因果応報といえばそれだけのことなのだけれど。

——大臣は、私の、痛いところを突いてくれる。

大臣たちが鬼であるなら千古もまた鬼。互いに求める未来が異なっているというだけで、生きているのは地続きのこの現実。良いも悪いもない。大臣と自分の行いに、さしたる違いはないのである。

どちらの手も血と泥で汚れている。

「もう私は死んでいく身だ。覚悟もしよう。そのかわり、正后よ、あなたはこれ以上誰のことも呪うな。あなたも暁の下家の娘なのだ。本当ならば御子を産み、家に尽くしてもらうべき娘だったが、それも叶《かな》わず……」

「……」

「あなたは妖后として、この後、史書に名をしるされる。暁の下家の娘として、名を残す。

妖しき呪いをあやつる后であるとされるだろうからこそ……頼む。もう呪うな」

必死の懇願に千古は困惑し、大臣の顔を見返した。

「あなたの後につながる娘たちの名誉のために、その名を汚すな」

「後につながる娘たちのために？」

低い声で聞き返したが、大臣はそれには答えるつもりはないようであった。

「呪われて死ぬのだとしても、私は、あなたに祟《たた》ったりはしないから安心おし」

——祟らない？

「あなたと私のあいだの祟りも呪いも〝生きて〟いなければ仕掛けられないものなのだろうよ。物の怪《もののけ》も鬼も死霊も私は少しだけ信じてはいるけれど、あなたは信じてはいないのだろう。だからこそ、私は、あなたにだけは〝死んだ〟あとまで祟るまい」

「どうして……ですか？」

「それを聞くか？　聞かずともわかっておろう。簡単なこと。あなたには〝祟らない〟という私のいまわの際の言葉こそが、呪詛として効くであろうと踏んだからだ」

なるほど、と、またもや千古は思った。暁下大臣と自分は同じ家の出なのだ、と。

暁下大臣は千古の性質を理解している。

「いままでのことはもうどうでもいい。これからだ。これからは——家名に傷をつけることなく、呪いとも祟りとも無縁で、美しく正しく生きていってくれないか。同じことを後に続く娘たちにさせずともすむように」

美しく正しく生きろと、そういうのか。

同じことを後に続く娘たちにさせずともすむように。

おそらく大臣の語る未来は、千古の見ているものとはまったく違う。後に続く娘たちにどう生きて欲しいかも、きっと違うはずなのだ。

それでも彼の言葉の深いところの一部分は、たしかに、千古の胸の奥底に届いた。

彼は後につながる者たちのために綺麗に死にたいと、そう告げている。後に続く娘たちには千古が放った類《たぐい》の呪詛はさせずにすむようにと、そう願い、千古に乞うている。

——私だって、私に続く娘たちの手が血や泥で汚れることは望まない。

自分が山道を切り開いているのは、できるなら、後ろに続く者たちが、平らで綺麗な道を歩いていけるようにと願ってのことだ。

しなくてもいい苦労を、しなくてもいいようにと望んでのことだ。

「ええ。そうですね。そうします」

だから千古は大臣の言葉に首肯した。

自らの手を血に浸し、呪いを具現化するのは自分だけで充分だった。

「そうか。やっとわかってくれたか」

なにひとつわかってはいない千古に、大臣が、安堵《あんど》したように笑いかけた。

どうしてか千古の胸の奥がぎゅっと引き絞られ――瞬きと共に涙が、溢《あふ》れて、落ちた。

千古は、大臣の手足をさすり、汗を拭き取り、眠りにつくのを見届けてから部屋を出た。来たのと同じ廊下をとって返す。すれ違う人は誰もいない。じ……と音をたてて千古が持っていた手燭《てしょく》の明かりが小さくなって、消えた。

月のない夜は、闇だけが広がって、地面も空も風も自分自身もすべてが黒く染まっている。千古の心の底まで墨で塗られてしまいそうで、我知らず、小さな吐息が零《こぼ》れた。

目が闇に慣れるのを待ち、歩きだす。

千古が訪れたためなのか、誰かが庭の灯籠に火を灯《とも》したようで、角を曲がると、ちらほらと遠くに明かりが揺れているのが見えた。

走ってきた下人に「大臣はお眠りになられました。また来ます」と声をかけ、歩いていく。見送ろうとするのを片手で制し、門を開けてもらって外に出た。

そういえば乗ってきた牛車《ぎっしゃ》を屋敷《やしき》のなかに入れてもらったんだったと気がついたのは、千古が待たせていたのとは別な牛車が、道ばたに停《と》まってるのを見たときであった。

闇をこごらせたかのような黒牛が引く車と、男がいる。

背筋がすっとのびた隙のない男の姿に目を細め、立ち止まる。

男は千古に、

「登花殿の女御《にょうご》さま」

と呼びかけた。

近づいてくる男の顔をまじまじと眺める。

――秋光だった。

ずっと遠ざけて過ごしていたのにどうしてこんなに気落ちしている夜に、ふいうちで現れるのか。

「千古さまを乗せてきた牛車は先に帰らせました。物忌みなのに屋敷に入れられたのを大層怖がっているようだったので、清めの塩をひとつまみ与えておきました。あとは僕が千古さまを送るから安心してくれと伝えましたが、いいですよね」

「そう……」

相も変わらず、そつのないことだと思いながら、うなずいた。

「――で、秋光はどうしてここに?」

暁下大臣の見舞いにいくと告げて出たのだから、千古がここにいることを秋光が知っているのはおかしくない。が、わざわざ待っていたのならなんらかの事情があるはずだ。

「主上のもとに西国の多禰《たね》から報告があり、それで橘と桜の大臣が招集をかけられて。僕はたまたま橘の大臣のところにいたので、彼らの話を側で聞かされるはめになって――」

そこで秋光は口ごもって、軽く咳払《せきばら》いをしてから、

「別に、誰に言われたわけでもないんですが、三人で話していた内容を、あなたに知らせなくてはならないような気がして登花殿に走ってしまったんです。考えてみたら、おかしいですね」

さしておかしいとも思っていないような、悟った表情で続ける。

「そうしたらあなたはこちらにいらしていると典侍《ないしのすけ》が言ったので。こんな深夜に見舞いなんてどうかしてる。典侍も典侍ですね。あなたのことを引き止めないなんて、ちゃんと働いてないいんじゃないかな」

「それ、典侍に面と向かって言える？」

「言えないから、せめて、あなたに向かって言うんです」

難しい顔で言うから、つい、笑ってしまった。

秋光は肩をすくめ、千古の手を取って、牛車へと進んでいく。わざわざ振りほどくのも意識しすぎているように思え、身体《からだ》を固めて、指先を預ける。

「あなたの手、冷たいわ。長くここで待っていたの？」

秋光は答えない。

「急ぎの用事だったなら、屋敷まで私を呼びに来てもよかったのに。もしくは屋敷のなかで待たせてもらってもよかったんだわ」

「物忌みなのに堂々と入り込むのはあなたひとりで充分です。僕にはそんな度胸はないんですよ。それに──見舞いなのでしょう？　だったら、あなたは暁下大臣の容態を診たいだろうし、いろいろとやることがあったのだろうから邪魔はできない」

「私が病人を診たがるとか、そういうことを、どうして知っているの？」

「それくらいのことは、みんなが知ってます。あなたは施薬院《せやくいん》に通う妖后《ようごう》だ」

「そうね」

やっぱりあなたは秋長なのよねと、口に出してしまえば、らくなのに──まだ言えない。この場に、秋光しかいないということは、御者も秋光がするのだろう。彼はとことん、なんでもできる。こなせないことはないのかもしれない。

「多禰は西の地の地名ね。わざわざ私のところに伝えたくなるような報せ《しら》と話し合いって、なんなのかしら。あんまりいい話の気がしないけど？」

多禰は海に面していて、異国との貿易も盛んな豊かな土地である。

「多禰で反乱が起きたのだそうです」

さらりと言われた。

「反乱？」

千古の足がぴたりと止まった。

予想外すぎて、身体が固まったまま動かない。秋光は千古の指先を握ったまま、立っている。きっと千古の気持ちが落ち着くのを待ってくれているのだろう。

「今日中に兵を集め、明日には、主上《しゅじょう》自ら討伐に出向くかもしれない」

「なんで？　主上自ら？」

帝《みかど》が都を留守にして自ら乗りだしてどうする？

「他の誰も動かないからですよ。多禰からの使者に会ったのは主上だけ。しかもその使者も、最初は、信憑《しんぴょう》性に疑問があると言って主上に取りつがないで追い返そうとしていたんだ」

「ああ……内裏って、そういうことがあるんだよね。特に変な時間に来ちゃうと、たらいまわしにして、なかったことにして帰しちゃう」

都の貴族たちは緊急事態に疎いのだ。なぜか呪詛《じゅそ》騒ぎにだけはすかさず食い付くのに、戦と言われても、物事が実感できないようである。

鄙《ひな》の地になにがあっても、都さえ――内裏のなかさえ平和で凪《な》いでいたら、それで良《い》い。遠い地での出来事は自分たちには無関係のことだと思い込み、聞く耳を持たない。

「はじめは桜の大臣が多禰にいくという話で進んでいたんですが――それでとりまとめて兵部省《ひょうぶしょう》に指示を出したら、鬼であった桜に武器と兵を渡すのは信用ならないと揉《も》めだして」

「馬鹿なの!?　その心配もわからないでもないけれど――じゃあ誰に武器と兵を渡して討

伐に出せば……って、ああ、それで、主上になっちゃうんだ。そうか。すでに一回、実績があるし、やっていたもんね」

かつて、鬼退治に出たことがある。

一度あったことは、二度も三度も起こり得るのだ。前例があれば、官僚は、許可する。

そうか……と嘆息し、千古は天を仰いだ。

「どちらにしろ、以前、鬼を討伐し内裏に引き入れるという奇跡を成し遂げた主上が適任みたいな話になっちゃうね、それ。そうよね。そうなのよね。それで、主上は、ごねないで〝わかった〟って出陣しちゃう人なのよ」

だって仕方ない。

昔ならまだしも、いまや帝には親王が生まれてしまったのである。

——主上がいなくなったら、幼い東宮を擁立し、そこから国を組み立てていけると貴族たちはそう判断したのだ。

呻《うめ》いてから千古は、勢いよく歩きだす。

「待って。どこにいくんですか」

「主上のところ。つまり内裏に戻るの」

「出陣を止めるんですか？」

秋光が後ろから聞いてきたので振り返る。

「一応やるだけやってみる。でも、主上は、私が止めても聞く人じゃない。きっと止まらないよ。だいいち、主上以外に誰が兵を率いていけるかというと、他は桜の大臣くらいなものじゃない？　それはやっぱり困るのよ。だから主上がいくんだわ、きっと」

「困る？　なぜ」

聞かなくても察しているのに、どうして尋ねる。愚か者でもなく純粋さもないくせに。

「貴族はまだ鬼のことを信じていないし、私もよ」

千古ですら、桜の大臣のことを心から信用しているわけではないのだ。

彼は、鬼だと、そう思っている。鬼以外の何者でもないのだと。

隙あればこちらに食らいつき、帝を倒して、貴族と都を平らげてしまう強い男が桜の大臣だ。

「他の連中はそうとして、あなたもですか？」

優しい声でそう聞かれた。

だから千古は、まっすぐに秋光を見返した。

「そうね。桜の大臣に関しては、そう。それに、あなたのことも」

「僕のことも？」

「私、あなたのことが〝わからない〟の。だから、怖いと思っているわ」

「それは嬉《うれ》しいな。あなどられたり、優男みたいに思われるより、ずっといい」

そう言って秋光は嬉しげに笑った。

その笑顔に、むき出しの粗暴さを覚え、千古は、眉を顰《ひそ》める。

──あなた、秋長だったわよね。

聞こうかと思ったけれど、聞かなかった。

だって、もういまは違う人なのだと、ふいに悟ってしまったから。

──秋長はこんな笑い方はしなかった。

「……怖いけど、あなたが使える男なことも知っている。なんの因果か、私にこの話を伝えにきてくれたってことは、私に使われてもいいって意味よね。牛車に乗せて内裏に戻って」

「え……」

秋光が首を傾《かし》げた。

「主上のところに連れていって。私も多禰にいくわ」

「え？」

「私、主上とどこまでもいくのよ」

これを──秋光に言うことの意味が、千古にはあった。

秋光はあっけにとられたように千古を見返している。

──私、本当にずるい女だった。

もちろんこのあとすぐに千古は帝に言うのだ。あなたを選ぶと言うのだ。染殿の天狗《てんぐ》にはならないし、子を生《な》せるかどうかは運命として、それ以外は、あなたと共に歩んでいくし、内裏のなかで生きていくと告げるのだ。

できたら施薬院にいきたいし、反乱が起きたら矢と刀を持って共に横に並ぶから、どこにでも連れていけと言う。

後に続く自分に似た女たちのために。

そうじゃない女たちはそうじゃない女たちのいくべき道を歩いていくとして――千古みたいな誰かがもしこの後にも現れるのだとしたら。

千古が青嵐女史《せいらんじょし》に憧れたように――いつか誰かが、妖后である千古の逸話を羨ましいと思うのかもしれない。

円満致仕はもう求めない。

後宮にいながらにして自由を得る。

染殿の天狗の祟《たた》りなんて怖《おそ》れない。天狗に攫《さら》われてなど、やるものか。

いつか未来の誰かが妖后に憧れたときに、千古の辿《たど》った獣道がもう途絶えていたとしても――後ろにつながる女たちが、自分の目の前に道を切り開いていくための灯火《ともしび》になれるかもしれない。

ならば――。

それが、いい。

過去にぼんやりと浮かぶ妖しい灯火に、なりたい。

なにかの前例としてしるされたい。

それに――。

――比翼連理の仲ならば、お互いしかいないのよ。

千古は胸中だけで、帝に対して、つぶやいた。

比翼の鳥は、翼がひとつしかなく、目もひとつしかない、そんな雌雄の鳥なのだ。離れることなく仲睦《むつ》まじいことの喩《たと》えではあるのだが、ひとりきりでは飛べない悲しい鳥だ。

そういう意味では、帝と千古はまごうことない比翼の鳥であったのだ。

貴族社会をうまく飛べない比翼の鳥は、つがいを見つけて、常に互いを助けあい二羽《わ》一体となって飛翔《ひしょう》してきた。

――主上、私に、度量の広さを見せつけてる場合じゃないよ。嫉妬したり、強がったりしてる場合でもないの。だって、比翼の鳥なのは、あなたしかいないのよ。

秋長だって、成子だって、ひとりで飛べる。

千古と一緒に羽ばたかないとやっていけない鳥なんて、帝だけだ。

それを言ったら千古もなのだけれど。

――そういう選び方というのも、ある。

千古は、帝が、実は完璧じゃないから恋に落ちた。最初からそうだった。支えてあげなくてはと感じて寄り添った。

そして自分は案外、ひとつの恋に殉じて、己の意志をねじ曲げることもできる女だったようである。ねじまげてなんてないのかもしれないけれど。内裏にいながらの妖后なら、ある意味、初志貫徹なのかもしれないけれど……。

だから——。

秋光の牛車でかけつけた内裏——そして帝のおわします清涼殿《せいりょうでん》。

千古は、桜の大臣《おとど》と橘の大臣が反乱軍の指揮について話しあっているなかに飛び出して、

「連れていって」

と帝に言った。

「はあ？」

帝の顔はとんでもなく間抜けであった。

なにを言われたのかまったく理解できていない表情で千古を見返していた。

はあ、じゃないのだ。

「染殿の天狗の祟りの噂《うわさ》があるって聞いているわよ。あなたの側にいるほうが、あなたは

私を守りやすいんじゃない？　私もあなたがどこでなにしてるか心配だし、死にそうになったら治療したいし。ほら、私、薬草とか医術に強いから」

「……あ、ああ？」

語尾が疑問形になって上がっているから、これは同意の「ああ」じゃない。

「だから、多禰にでもどこにでもついていくわよ。私も反乱軍と戦うわ。連れていって」

もう一押し、押してみた。

「いくからとかついていくとか、連れていってとか。あなたって人は本当に。それを……いま⁉　どうしてそれを、いま⁉」

と、千古に引きずられてついてきた秋光が背後でつぶやいている。

――その指摘、正しすぎて、なにも言えないけど。

千古は、なにかを呻吟《しんぎん》しはじめた帝《みかど》の深刻な顔に、自分の顔を近づける。

「あのね、私はあなたと一緒に飛ぶの。比翼連理の仲というのはそういうことよ。あなた以外とじゃあ、もう、飛べないの」

ささやいた。

帝にだけ聞こえるような声でと思ったが――もしかしたら他のみんなにも聞こえたかもしれない。それならそれでいい。

桜の大臣と橘の大臣が顔を見合わせている。それはそうだろう。突然、后《きさき》が現れて、身を乗りだして「連れていけ」と直談判《じかだんぱん》している場に居合わせて、どう反応するのが正しいのかなんて、誰にもわからないことだ。

けれど帝は――。

「そうか」

と、花が咲くみたいに笑って千古の手を取った。

見惚《みと》れるくらいに爽やかな笑顔で、言った千古もびっくりしてしまった。そんな顔で笑うくらいなら、はなから手放してもいいみたいな強がりはやめておいたらいいのに。

「でもおまえを多禰には連れていかない」

帝が言う。

「はあ？　なんでよ」

「なんでって。反乱軍との戦なんだぞ。どこの后がそんな場所についてくる!?」

「ここにいるわよ。私はついていきたいし、そこそこ使える」

胸を張ったら帝が「おまえなっ」と絶句している。

側にいた桜の大臣が「おもしろい女だなあ」とげらげらと笑いだした。

5

反乱勃発——という報を受けて、討伐のための兵を引き連れて帝が都を出たのは、翌日のことであった。

なんと——船旅である。

陸沿いの出兵だと思っていたのだが、帝がそれを却下した。

「すでに船はできている。西に向かい造船したての船に乗り、内海を辿って多禰《たね》に向かえば二日で着く。陸の道を使うと七日かかる。討伐には、早さが重要だ。それに此度《こたび》の反乱は、もとが海賊稼業で海を荒らしていた者たちの仕業と報告を受けている。人数も少ない。ならばこそ、海で奴らを仕留めたい」

いつのまに造船していたのかと驚く貴族たちを軽くいなし、

「船に慣れた者を乗せ、俺と橘《たちばな》と桜《さくら》が向かう。そのあいだ、留守になるこの都は皆がしっかりと取り仕切って守ってくれ。まかせたぞ」

紫微中台《しびちゅうだい》の蛍火《ほたるび》をはじめ、貴族たちは「はっ」と頭を垂れた。

どうせ彼ら以外は戦に不慣れだ。

帝と桜と橘と、そんな彼らの側に使えている武家たちだけが、頼みの綱だ。

誰も帝の提案に異議を唱えることはなかった。さんざん天狗の祟りがあると行動制限をかけていた陰陽寮《おんみょうりょう》も、西を吉方位で、旅立ちの日取りも吉日と読んだ。

東宮という次代が生まれると、帝の価値なんて、そんなものなのだ。

それをみんなが知っている。

※

というわけで——。

千古《ちふる》は成子《なりこ》と典侍《ないしのすけ》に登花殿《とうかでん》の留守を頼んで、自分は邪魔な胸にさらしを巻いて直垂《ひたたれ》に小袴《こばかま》の男装をしてのけ、胴丸を身につけて、西に向かう船に乗っているのであった。

施薬院《せやくいん》の仕事であちこちを歩きまわってきた妖后《ようごう》だから、男装で、戦についていくこともなんとなくだが認められてしまったのだ。

当たり前だが、千古の訴えを、帝は全力で退けようとした。

それを強引に押し通した決め手が「染殿《そめどの》の祟りとか言われたまま、私を置いていかないで」であったのは、考えてみれば笑いぐさだ。さんざん祟りとか呪詛《じゅそ》で人の生き死にをわけてきて、今回は、恋の駆け引きで祟りを使っている。

——というか、恋の駆け引きと国策は、わけようよ。

しかし、それもどうしようもないのかもしれない。月薙国《げっていこく》の帝と后の恋なので。国について憂えたり施策したりもするが、日常もまた、ふたりのあいだで流れていくので。

——鬼に攫われないように、手近に置いといてよって言い張って、それで「わかった」って言われるのもなんだろうなっていう気はするけれど。

とにかく言い張った者勝ちなのであった。

留守を守ることになった成子は「私が身代わりをしなくてもよくなったのは、嬉《うれ》しいです。嬉しいんですけど」と頬を両手で挟み込んで嘆息し、「こんな后でいいのでしょうか。もっと普通のお后さまになって欲しかった。なんで戦で、一緒に、刀や弓矢を携えて同行するんですか」と、涙ぐんでいた。

なんでと言われても——そこは千古が、千古だからだ。

おかげで、千古は、胴丸をつけて最新鋭の船に乗り、吐き気をこらえて転がる羽目に陥った。好きで選んだ道なので、悔やみはしないが、具合が悪い。

そして——。

「あなた船酔いする人だったんですね」

と、船底で横たわる千古の隣でげんなり顔で座っているのは——秋光《あきみつ》である。

そう──秋光も反乱軍との戦についてきたのである。どこでどうなったか、自力で手配をしてしまったらしく、気づいたら、いた。そういうところがつくづく秋光だ。

「胴丸は脱ぎましょう。いまのところ敵襲はない。浜が近くなってからでいいでしょう」

てきぱきと胴丸を取りはずされた。自分ひとりでできると言いたいところだが──いまは、できないので、言えない。

気持ちが、悪い。

「ほら。この桶《おけ》に吐いてください。船乗りたちは、吐くときは海に吐けって安易に言うでしょうけど、そんなの信じて船縁《ふなべり》につかまって海に向かって吐くのはやめといてくださいね。そのまま落ちたらあなたを拾いに僕も飛び込まないとならなくなるから」

かいがいしく千古の世話を焼き、桶を差しだし、水の入った竹筒も寄こす。

──馴染《なじ》みだなあ、この感じ。

声。綺麗《きれい》な顔。次々と世話をやいてくれる気の利く男。

「吐いたものの世話なんて、あなたにさせるわけにはいかないわ。自分の看病くらい自分でできる」

しかし、大口を叩《たた》ける状態ではなかった。

言いきったあとで、桶を抱え込み、千古は、えずいた。

足もとがゆらゆらと揺れている。揺れる肉体にあわせて身体《からだ》のなかにあるいろんなものもぐらぐらと揺れている。頭の中味も揺れている。

甲板にいけば、外は快晴。

青い海に青い空で波がきらきらと光を弾いて美しい光景のはずだが——千古には景色を楽しむ余裕は欠片《かけら》もなかった。

とにかくただひたすら具合が悪い。

身体のなかのものがあれこれすべて逆流してきそうで、たまらない。

「船酔いは、病気っていうわけでもないからなあ。慣れの問題ですよ。ただひたすら吐いて、寝てたら、そのうち身体が馴染む」

秋光の涼しい感じに元気な顔を見ていたら、だんだん腹が立ってきた。

「あなたは、どうして船酔いしないの？」

恨みがましい声が出た。

「体質ですかね？　桜の大臣についでに乗せられた、最初のときから平気でした。船酔いしたことがないのですが、たぶん、二日酔いと似てるんでしょう？」

秋光はすでに何度も船には乗っていたようである。

千古は二日酔いも知らないので、比べようがない。

「体質……」

ずるい、と思いながら、ぐったりとその場に横たわった。

「千古さま」

呼びかけられて、顔を上げる。

「染殿の祟《たた》りの話を、昨日、桜の大臣に聞きました。僕はあなたを攫《さら》わなくてよかったんですよね」

秋光が言った。

なんなのだ、この男は。攫わなくてよかったんですよねって、なんだ。

「ええ。……だってあなたは秋長《あきなが》じゃないもの」

ぽんと答えたが――それもまた語弊がある。

案の定、

「秋長だったら攫われてもよかったんですか？」

と聞いてきた。

押し殺した声である。

――やっぱりこの人は秋長じゃないな。

秋長だったらこんな聞き方はしない。少なくとも千古の知っている秋長ならば。

千古のずるい本音や、弱さを放置しておいてくれないのが秋光だ。彼のかざす光に照らされて、千古の卑小さや、醜さが露《あら》わになる。

でも、きっと秋長だってこんなところがあったんだろう。千古がよく知ろうとしなかっただけで、秋長はたくさんの言葉を口に出さず、飲み込んでいたのだろう。

「内裏に入る前だったら攫われたかったかもしれないなあ。でも、身代わり入内《じゅだい》だから、私のかわりにさらに誰かが身代わりになるって思うと悶々《もんもん》としたかもね。その後は、そうね。秋長が信濃《しなの》で私を命がけで救ってくれた後だったら、ぐらっときたかも。私もね、そういうところは乙女なので」

「妖后なのに乙女とか！」

「乙女なのよ。典侍も私のことそう言ってた！」

「典侍を出してくるとか！」

湿っぽくも、真面目にもならないやりとりがありがたい。軽いやりとりと冗談口でなにもかもが丸くなる。そんな空気の読み方は、やっぱり彼は秋長でありながら、秋光だった。

そうしていると、今度は帝《みかど》がやって来た。しきりに看病してくれている秋光に「後はまかせろ」と声をかけ、新しい桶を千古の顔の横に置く。

まかせろと言われても秋光はその場を動かない。

おまけに、桜の大臣《おとど》と橘の大臣もやって来た。彼らは手ぶらだが、物見遊山的な顔つきで「おお、吐いている」と手を叩いて千古を囲んだ。

「見せ物じゃないわよ」

と言ってみたが、たぶん、見せ物である。

——妖后という呼び名がある高位の女が、髪をたばねてひとつにくくり、男装をして、船酔いして、船底で転がっているなら、見にくるわよね。

いつもは内裏で鬘《かつら》をつけて過ごしているが、ここでは自然のままの短めの髪をひとつにまとめてたばねている。それもまた「みっともない」と成子に泣きだされてしまった要因だが、戦になるのに女官を連れてくるわけにはいかないし、そうすると自分ひとりで鬘をつけて、ずるずると過ごすのは邪魔なのだ。

大臣たちだけではなく、他の船乗りや兵士たちが、輪を作って、こちらを窺《うかが》っている。げんなりとして、桶を抱えてくるりと反転しみんなに背中を向けた。

「いい加減にしてよ。悪目立ちする。桶を抱えて寝てるから、ほおっておいて。どうせ二日で着くのよね。二日くらい吐いて過ごしても死なないわ」

「俺は残るぞ。俺以外はみんな去れ」

と言ったのは、帝である。

「なんでよ」

「心配だからだ」

どんなときでも素直に思ったままを言う帝であった。

口を開きかけたが、文句より先にこみ上げてくるものがあって、言い負かす気力もない。

桜の大臣は帝の言葉に、

「仲睦《むつ》まじいふたりの邪魔をすると恨まれる。我らは去ろう」

と大笑いした。

「ですが」

秋光はなにか言いたそうだったが「おまえには他に仕事がある」と、橘の大臣が秋光を引き連れて遠ざかっていく。

三人がいなくなると、妙に静かになった。

心配だからといいつつも、帝はなにをしてくれるわけでもない。千古は千古で「うえっぷ」と気抜けた変な声が出ただけで、桶を片手に横になっていた。

そんなふたりに——。

「あの」

と、誰かが小声で言った。

「なんだ?」

帝が聞き返す。

帝の顔が怖かったのか、相手は、ヒッと小さな声をあげてから、おそるおそる手を差しだした。

「梅干し入りの握り飯です。梅干しと水が船酔いにいいっていうから。その……お后《きさき》さまに。それから、船の進む方向に背中を向けて寝てはなんねぇんです」

暗い船底には明かりがなくて、誰だろうと顔を見てみるが、よくわからない。日に焼けた、純朴そうな顔だちの、ずっと太陽の下で働いてきたであろう男の、歯だけが白い。

「そうなの？　ありがとう」

さっきまで背を向けていたのとは逆に、くるりと反転する。虚《うつ》ろなまま顔を上げ、よろよろと這《は》い寄って握り飯をありがたく受け取る。

「でもいまは食欲がないの……」

か細い声を出すと、あたりにいた船乗りと兵たちが、わっと距離を縮める。帝は慌てた顔になったが、みんなを引き止めようとはしなかった。そのかわりに千古と人びとのあいだに身体を割り入れて、盾になる。

狭い空間で、下手に人の勢いを制すると、かえって煽《あお》ることがあるからそれはそれでいいとして――帝はまわりに守られるべきものであって、自らを盾にしてはいけないはず。

――といっても、この人はずっと、こうだったからなあ。

嘆息し、のろのろと身を起こす。

そうしたら、まわりに集った男たちが一斉に口を開いた。

「できればこんなはしっこじゃなく船の真ん中にいてくだせぇ。あとお腹《なか》になにもはいってないのはよくねぇです」

「外に出て、遠くを見たほうがいいです」

わいわいと忠告をしてくれるみんなに、千古が頼りない声で言う。

「甲板に出たら危ないって言われたんだけど……」

「そりゃあ船のことをよく知らない人の言う話だ」

と誰かが言った。

「そうなの？」

と帝を見ると「そうだな」と帝が渋い顔でうなずく。

なんでもできる秋光であったが、船のことまでは知らなかったようだ。

「あの、ですが、起き上がれないときは寝ててくれればいいです。それで、ちょっと気持ちがよくなったら、今日は天気もいいし波も荒くないし、船縁じゃなく船の真ん中で、どっか遠くを見てください」

次に、切々と訴えてきた男も、また、千古の知らない顔である。

——いったいどうして、この人たちは私に親切にしてくれているの？

不思議に思ったまま「ありがとう」と応じ、握り飯をじっと見つめる。食欲はないが、空腹ではある。

が、帝が千古の手から握り飯を取りあげる。

「あ……」

「いまはまだ食べられそうにないように見える。これは預かって、あとで食べるのでもいいか」

手渡してくれた相手を見定めて、確認をとる。握り飯を渡してくれた男が「はい」と首肯した。

どちらにしろ、毒味もなしで、知らない相手からもらったものを食べることはできないのであった。それを言ってしまうと相手の好意を踏みにじることになるから、口にはしないのだけれど。毒を盛るような男だと思っているわけではないが、それでも、もし千古の身になにかがあれば、口にしたものや、それを渡した相手のことも調べられる。

毒味なしでものを食べることが、高位の者にとっては、無責任な沙汰なのだ。

千古だって、帝が同じように渡されたものを食べたら、きっと、叱りつける。

人の善意を素直に受け取れない、いまの我が身は、不自由だ。当たり前に「毒味もなしで食べてはいけない」と思いついてしまう、この考え方も、不自由だ。すっかり貴族が身についてしまった。

どうやら千古はひどい顔をしているようで、桶《おけ》を片手にぼんやりとしていると、まわりの男たちがどんどん気遣ってくれる。

「話しかけてごめんなさい。寝ててください。——ただ俺たちはお后さまのお顔を拝んで、感謝を伝えたかっただけなんで。ええ、それだけなんで」

なにをしたのかと考え込む千古に、男が言った。

「正后《せいごう》さまにはうちの甥《おい》っこが施薬院で世話になってるんです」

「主上《しゅじょう》にも、ありがとうございますって言いたかったんです。その美しいお顔を近くで見たら、なんだかそれだけで霊験もあらたかな気がするしなあ。なかなか側にいける機会もないから、ひとつの船に乗れて、嬉《うれ》しくて」

と、別の男が帝を見た。

「不作でどうにもならなかった年に、米蔵を開放して、俺たちにわけてくれた。俺たちにとって米はなによりの宝で——あれで生まれてきた子を間引かなくてすんだんでさぁ」

「そのご恩が返せるなら、戦だろうがなんだろうがいきますとも。主上自らが刀を持って、俺たち平民と同じ船に乗って、討伐にいくんだ。そんな帝は、いままでいなかった」

そうだとも。

いなかったから。

あなたたちみたいな貴族も、帝も、后《きさき》もいなかったから。

男たちの声がゆっくりとさざ波のように外に溢《あふ》れだす。

「俺たちにできることなら、船を漕《こ》いで遠くまでいきますとも。お供しますとも」

暗がりのなかで男たちの顔はどれも見分けはつかなくて——でも彼らの声はずいぶんと
「感謝？」

朗らかで、溌剌《はつらつ》としていた。

なにを言われているのかが千古の胸にゆっくりと沁《し》みていく。

民びとに感謝されたのだ。褒めてもらえたのだ。治政と、やってきたことを後押しされたのだ。信頼を得たのだ。そういうことだ。

そういう――ことだった。

そうか、と、帝が言った。

少しだけ潤んだ声に聞こえた。

「感謝を伝えるのは俺のほうだ。おまえたちがいてくれなければ、俺は、何者にもなれず、民びとのいない空っぽの国の上に立っていただろう。ありがとう。共に同じ船に乗ってくれて」

と――。

がたりと大きな音がした。

天井の一部の板が動き、光がまっすぐ差しこぼれる。そこが船底への出入り口になっている。

「おーい。帆を上げるのを手伝ってくれ。それから漕ぎ手の交代だ。いまのうちに飯を食えるやつは食っておけ」

甲板にいる誰かが呼びかけて、まわりにいた男たちが「おう」と声をあげる。

「それじゃあ、正后さまはゆっくり寝て、身体《からだ》をよくしてください」

「主上も、お后さまのお側《そば》にいてください」

おのおのの思いの丈を訴えて、男たちは去っていく。

残ったのは——かなり、へなへなになった千古と、千古の身体をそっと支えている帝《みかど》のふたりだ。顔を上げると、帝の目が少しだけ潤んでいるのがわかった。

「あなた、わりといい政治をしてきたんじゃないかしら。すごいことよ」

小声で言うと、帝が、

「おまえもだ。施薬院の仕事をよくがんばったな」

と千古に返す。

ふたりで顔を見合わせた。

ああ……と万感の思いのため息が零《こぼ》れかけたが、同時に、足下がふわりふわりと揺れるのにあわせ、えもいわれぬえずきもこみ上がってくる。

「うっ」

と口元を押さえると、帝が桶を差しだした。

「寝てろ。どっちにしろ海の上ではなにもできない。言われたとおりに船の真ん中で、進行方向に向かって」

「……うん」

ずりずりといざって真ん中に移動する。真ん中だと、そう帝が言うから真ん中だと思うだけで、どこがどうだかも千古はわかっていないので、言われるがままだ。

「寝てるあいだは側にいる。いさせてくれ。俺は、おまえの心配をしたいんだ」

「うん。ありがとう」

素直にそこに横たわり、目を閉じた。

そのまま千古は、ぐらぐらと、いつまでも、どこまでも身体が揺れるのに身を任せ、うつらうつらと寝たり起きたりをくり返した。

気持ちが悪いのに、不思議と、胸の底はあたたかくて心地がよかった。

そうして——。

少し体調がよくなると、甲板に出て海の表面が波でちりちりとねじれるのを眺めて過ごした。

白い波が風に弾《はじ》け、日を反射してひかっていた。千古のこれまでの人生で、見たことのない景色だった。

千古の側にはずっと帝がいた。

甲板で、帝が言う。

「多禰の浜は潮の流れが難しくて、明日の朝通過する、外海に張りだした半島の付近が難所なんだ」

「そうなの？」

指をさすのは彼方《かなた》である。いまはまだなにも見えないが、明日には、そこに半島が見えるのだろう。

「船はこれまでとは違って、横だけではなく縦にも大きく揺れるはずだ」

「それは知りたくなかった」

どれだけ揺れるんだろうと思っただけで、げんなりしてしまう。

「でもそこを越えたらあとは凪《な》ぐ。そしてすぐに浜に着く。少しの辛抱だ」

ふらふらになりながら、その言葉に耳を傾ける。

視線の先で、海は、どこまでもどこまでも遠くまで青がつながっている。果てがない。

船縁《ふなべり》に手をあて、そっと真下を覗《のぞ》くと、紺色に塗られた海がある。遠いところの青の海と、いま見下ろしている濃い色の海は、同じものだ。

続いているのだ、とふと思った。

深さを変え、距離を変えながら、この海はひとつにつながっている。違う色であっても同じ海。

塩からい風が喉と鼻に飛び込んでくる。都で嗅いでいる風とはまったく違う匂い。でもこの風もまた、つながっている。同じ風。

——海を見られるなんて思ったことなかった。

いつか青嵐女史《せいらんじょし》みたいに円満致仕をして、どこにでもいけるようになるんだと啖呵《たんか》を切ってみたけれど——実際にそうなれるなんて信じていなかった。信じないけれど努力した。なにもしないで、その夢をあきらめるなんて嫌だったから。

典侍や女官たち、帝や秋長に後押しされて、なんとかここまでやってきた。

「すごいなあ。青いなあ。広いなあ」

まだ、うえっ、と喉に突き上げてくるものはあるのだけれど、それはそれとして。

——この景色、忘れない。

男の装いをして船に乗って、いろんな人たちに「ありがとう」と言われ、優しくされる。そんな自分になれるなんて、思ってもいなかった。あがいて、走りまわって、奇策をめぐらせて、勝ち取って、ここで見ているこの光景が誇らしい。

空を見上げる。まぶしすぎて、目の上に手をかざす。

じわっと涙が滲《にじ》んだのは、強い日差しが目を焼いたのだけが理由じゃない。

くすんっと鼻を鳴らしたら、ほぼほぼこの船旅で千古に貼りついて介抱をしまくってくれていた帝がぎょっとした声をあげる。

「おい。なんで泣いてるんだ。具合が悪いのか」

「ううん。お日様がまぶしくて嬉しかったから」

帝が怪訝《けげん》な顔で千古を見返している。

「ありがとう」

と伝えたら「なにが」とさらに怪訝そうに眉をひそめる。その顔つきはやけに真面目なものだったが、妙におかしくて——千古は涙の切れ端を指さきで拭って、笑った。


寝ているのか、寝ていないのかの狭間《はざま》をずっと身体を揺らされながら過ごしていた。

夜になり——朝が来て——潮の流れの難所の縦揺れにも耐えて——。

「潮目のきついところを越えた。あと少しで浜に着くぞ」

と帝が、横たわっていた千古の肩をそっと揺らした。

まだ、具合は悪いけれど、それでも初日よりずっとましになっている。

「そう。助かった。硬い地面をこんなに恋しく思ったこと、なかったわ」

本音を零すと、帝が笑った。

「少し外を見るか？」

「うん。外の風にあたりたい」

肩を借りて、よろつきながら船底を歩き、甲板につながる梯子《はしご》をよじ登った。暗がりから出てすぐは、明るい光に目が馴染《なじ》めない。瞬《まばた》いて、薄目になる。

潮風が千古の髪に巻きつく。寝ているうちに、たばねていた髪が少しほつれていたのが、風に舞う。

と——。

梯子を上がった千古たちに向かって、血相を変えた男たちがどたどたと足音をたてて駆け寄ってくる。

「……主上もお后《きさき》さまも船底に戻ってくださいっ」

いきなり言い放ち、男たちは千古をいま抜け出てきた船底に押し戻そうとする。

「なんで？」

と、言った途端に、理由を肌で感知する。

ぴりぴりとするこの空気。男たちの視線が一点を向いている。殺気だった怒鳴り声と、走りだす足音。弓矢を手にかまえ、船縁から向こうを睨《にら》みつけ、怒声が飛び交う。

彼らは戦闘態勢をとっている。

——敵!?

千古のすぐ横を「反乱軍だ。迎え撃つぞ」と桜の大臣《おとど》が大声でがなり大股で歩いていく。

「捕らえなくてもいい。全員殺せ!!」

桜の大臣の一声に、男たちが怒声で応じる。

風の色が、血の赤に瞬時に変わったような気がした。

男たちの声に、帝が目をすがめて遠くを凝視する。引き締まった横顔に凄《すご》みが浮かび、彼の身にまとう気配が殺伐としたものに変化した。

「俺は船底で隠れてはいられない。だが──おまえは」

帝が千古にそう言った。

「私は……そうね。後ろにいる」

後ろにいるしかないだろうと素直に、そう答えるしかなかった。

こんなにふらふらでは、戦うもなにもない。足手まといになるくらいなら、黙って隠れて待っているのがいいと、さすがに千古も幾多の修羅場を経て学んだのである。

「おい」

と帝が呼びとめた相手は橘の大臣だった。彼の巨軀《きょく》は目立つので、ひと目でどこにいるかわかる。

「橘。こいつを頼む」

そう言って、帝は千古を橘の大臣に預けた。

「おおよ。まかせろ。──あんたにはいろいろ世話になってるからな。きっちり守るぜ」

橘の大臣が帝と千古に向かって胸を叩《たた》いてそう言った。

千古は、帝の背中をはらはらと見送り、つま先立ちでまだ遠い陸地を見る。浜辺に植えられた松のあいだに、きらきらと光を弾くものがある。きっとあれは盾だ。盾を松林のあいだに並べ、防壁を築いている。

さらに、男たちが浜から十人あるいは二十人乗りの舟を漕《こ》ぎ、わらわらとこちらの船に近づいてくるのが見えた。

「あっちは小舟だ。こっちにはかなわねぇ」

「けど、思っていたより数がいるな。百人はいるか。あいつらに乗船されたらこっちはたまらねぇ」

「おうよ。乗せるかよ」

船乗りの男たちが弓や刀を掲げ船縁に走っていく。

橘の大臣が千古を背中にかばいながら、説明をしてくれる。

「海賊のやり口だ。難所をこえたあたりで、大きな船を、何艘《そう》もの小舟で囲んで、櫓《ろ》を漕げないようにさせるんだ。そうすると船の動きが止まる。それから編んだ縄や、網、板をこっちにかけるんだ」

「縄や板をつたって、船に乗り込んでくるのね」

「ああ。船乗りは、海の上が一番強いからな。おそらく俺たちの船はどこかの海で見られたんだろう。帝の肝いりで、でかくて硬い異国仕様の船を造船したって話は噂《うわさ》になってた。相手は手ぐすねひいて、その噂の船がやってくるのを待ってたに違いない」

話しているあいだに、千古たちの乗る船が止まった。囲んだ小舟が邪魔で、櫓を漕げなくなったのだろう。

反乱軍は舷側に鋲《びょう》を打ち込んで網をかけていく。何人かがするすると登り、船に乗り込んだ。

帝が傍らにいる男に指示を出す。波と風と男たちのがなりたてる声で音が通らない。そのため、男は帝の指揮を旗を掲げてみんなに伝える。どんな指示だったのかは千古には不明だが、船乗りは全員、振られた旗に反応し徒党を組んだ。

弓隊は登攀《とはん》への威嚇と、網を登る反乱軍を落とすため。

刀を手にした別の男たちが横一列に並び、上がってきた反乱軍をすかさず仕留める。

右舷、左舷、前に後ろ。統制のとれた男たちの動きに反乱軍の勢いが減じた。

船底に降りようとしていたのに——そんなすべてがあっというまで——千古は、橘の大臣に守られたまま、男たちの命のやりとりを固唾《の》を呑んで凝視していた。

甲板に男たちの血が滴り落ち、流れていく。

怖いとは思わない。戦うとはこういうことだ。

ただ、うなじから背中にかけて氷柱を押し込まれたみたいに、背筋が冷えていく。

「こっちが押してる。あっちは、登れずに、慌てて逃げてく奴らもいるようだぞ。大丈夫だ。勝てる」

橘の大臣が千古の耳元で言った。

「あんたの男は、この程度の奴らに負ける腕じゃない。安心して船底で待ってろ」

――私の男!?　その言い方っ。

橘の大臣がにかっと笑って言う。血の匂いが漂うなかでもひょうひょうとして、千古の肩に手をまわす。

「……はい」

船底につながる梯子に足をかけようとした、そのとき――。

千古の目がとらえたのは、弓を構えた秋光だった。

射礼《しゃらい》のとき同様に見本にしたい所作で弓に矢をつがえ、一点を見つめ、ぎりぎりと腕を引いている。肩にも腕にも力を入れず、柔らかく、深く弓を引き込んでいる。

「え………」

相変わらず見事で、美しい。

けれど、声が出たのは、姿勢の素晴らしさではなく、秋光だけが他のみんなとは別の方向に弓を構えていたからだ。遠い場所に放つ矢ではなく、もっと近い距離に狙いを定めている。

真っ正面にとらえて、こちらに向けられた鏃《やじり》が光っている。

最初は、自分を狙っているのかと思った。

が、秋光の目は千古のさらにその先を凝視している。なにを狙っているのだろうと、彼の視線の先を探って振り返る。

——主上《しゅじょう》？

そこにいたのは帝《みかど》であった。

味方に背中を向けて、帝が立っている。刀は手にしておらず、指揮に徹している。側にいる男にしきりに話しかけているのは指令を旗で伝えるためだろう。

秋光は、帝を、狙っていた。

鬼だ、と、千古は思った。

——秋光は——彼は、得体の知れない、怖ろしい男で、鬼だ。

戦慄が千古の身体《からだ》を走り抜ける。

どうして千古は彼を信頼していたのだろう。帝もまたどうして彼をこの船に受け入れたのだろう。

秋光だけではない。桜の大臣も——橘の大臣も——全員がかつては鬼で——敵対していた側ではないか。

この反乱の報そのものがすべて仕組まれた罠《わな》ではないと、誰が言える？

利那、千古の身体が勝手に動いた。傍らに立つ橘の大臣が下げていた刀を鞘《さや》から引き抜く。

「おっ、なにを」

橘の大臣が大声を出したが、聞いている暇はない。

千古が刀を両手で構えると同時に秋光の手が矢から離れた。

矢は、千古の頭上を越えて、弧を描いて帝に向かおうとしている。射手が下手なら、軌道を読むことはできないが、射たのは秋光。狙った場所に確実に届くし、的から外れることはない。

その方向を読んで——走り込んで——。

「主上、避《よ》けて——」

叫び、千古は後ろに飛びすさって、飛来する秋光の矢を大刀でなぎ払った。がつんと硬い手応えがし、得物を持つ手がじんっと痺《しび》れる。痛いくらいの反動を腰を据えて耐えると、ふたつに折れた矢が勢いを失い、分かれて落ちた。

一瞬の出来事だった。

が、とても長い時間がかかったように感じた。

千古は後ろを振り返る。帝が生きて、立っているのを確認してから再び秋光に向き合った。

秋光は落ちた矢と千古のことを交互に見つめ、少し毒のある皮肉っぽい笑みを浮かべた。

彼はたしかに笑ったのだ。

「どうして——っ」

千古がそう叫んだのと同時に、橘の大臣が、自分のではなく側にいた男の手から刀を奪い取り、秋光の胴体を袈裟懸《けさが》けに斬りつけた。

胴体からどっと血がほとばしり、周囲を濡《ぬ》らす。呆然《ぼうぜん》とする千古の目の前で、秋光は甲板に前のめりで倒れ込んだ。

※

刹那、痛いなあと感じたのが、身体なのか心なのか、よくわかってはいないのだ。

たぶん両方なのだろうと思いながら、秋光は甲板に倒れ――。

「謀反なり。首謀者討ち取った!!」

と雄叫《おたけ》びをあげる橘の大臣《おとど》の声を聞いた。

堂々とした叫びっぷりだった。

芝居がかっていたのが鼻についたが、それは仕方ない。だって芝居なので。

――僕は首謀者じゃないって。今回の海賊騒ぎも、反乱も、首謀者は主上だ、主上。

胸から腰まで斜めに走るずっしりと重い苦痛にうめきながら、秋光は脳内でひとりごちる。

――桜と橘の大臣たちと共謀して造船に力を入れる理由づけを作って、多禰の海賊を挑発したうえで退治して、西の治安のために今後は主上とつながりが深くて信頼できる誰かを送り込もうって画策のついで。

西の筑後国《ちくごのくに》筑紫郡《ちくしぐん》には、太宰府《だざいふ》がある。

筑後筑紫は外つ国との貿易が盛んで、経済に恵まれている。また、海を含めて治める土地が広く、九つの西国と三つの島を治めるために、都の政府とは別に、人事や監査などの行政・司法を与えられている。

権限が大きく、内裏とは別機関として動いているがゆえに、太宰府は「遠《とお》の朝廷《みかど》」とも呼ばれている。

だから帝は太宰府に自分の目の届く誰かを送り込みたかったのだ。

そして帝の側には、いま、ちょうど、橘の大臣という「都や内裏の貴族たちには目に触れさせてはならない明子《あきこ》という女」を嫁にした、気のいい男がいるのだった。

橘の大臣は最近になって「明子を山奥に押し込めて、離れて暮らす」ことに渋い顔をしはじめた。そもそも貴族として政治に関わるのが性に合わないとごねはじめた橘の大臣を丸め込み「今回の反乱軍の制圧で武勲をあげれば、そのままおまえを太宰府に派遣しよう」と約束したのは帝である。

――とんだ策士だ。

都の大臣が武勲で太宰府の長官――太宰帥《だざいのそち》となる。

約束しただけではなく、帝は、その約束が確定するようにすべての物事を計画し、ひとつずつはめていった。

結果、わりをくったのが秋光だ。

——なんでもできるからって、なんでもやらせるな!!

どさくさに紛れて謀反を起こすふりをして帝を狙い、その挙げ句に橘の大臣に討たれて武勲を進呈する役なんて。

——でも、僕以外にできる奴なんていないし。

秋光はなんでもできるので。面の皮も厚いし、芝居だってできる。まわりの人たちをあざむくのなんて得意中の得意だ。

芝居をし、斬り捨てられた秋光はそのまま麻袋に包まれた。

そして、反乱軍をすべて討伐して、浜に船を係留して後、他のみんなとは違うひなびた小屋に運び込まれた。

麻袋からするすると抜け出して、ぼんやりと寝転がっていると、かたかたと音をさせて戸が開いた。一応、死んだふりをしていると「あんたね」と気安い口調で声をかけられる。

そっと目を開けたら、仏頂面の千古が握り飯を秋光の顔の前に差しだした。

くぅ、と腹の虫が鳴って、秋光は、のろのろと起き上がり「どうも」と握り飯を受け取った。

どうも、じゃないわよと千古がくってかかる。秋光の正面に座り込み、恨みがましい目で秋光を見返す。

「赤い染料のはいった袋を身体にたくさん仕込んで斬られ役に挑んだって……あんたね。なんでそんな、私みたいなことをしてるのよ。主上も主上だし、あんたもあんただし、橘の大臣だって……もう」

どこでつけたものなのか千古の頬と額が汚れている。尼削《あまそ》ぎに切ってしまった髪は、のばしている途中らしいが、まだまだ貴族の女らしい長さには至っていない。

そんな半端な長さの髪で、顔に汚れをつけて、泣きはらした目をしているものだから、今日の彼女は妙に幼く見える。

「僕が死んだの、泣いてくれてたんですね」

と言って握り飯に齧《かじ》りつくと「泣くわよ。当たり前じゃないの」と尖《とが》った声が返ってきた。

「あんまり泣きすぎておかしくなったから、とうとう主上が音を上げて〝秋光は死んでない〟って言って、橘の大臣をお目付役にしてここに連れてくるのを許可してくれた程度には、泣いたわよっ」

丁寧な説明までされてしまった。

「いちばん楽しんでたの、桜の大臣でしたけどね。桜は、おもしろいことが好きだから」

「おもしろくないわよ」

「でも橘は、あれは本気で明子さまと暮らしたい一心で真剣にこれをやり通したんですよ。そういう真心を相談されちゃうと、ほら、ひと肌脱ぎたくなってくるでしょう？」

「……うん」

これには、しおらしくうなずいている。

――たまに素直になると、かわいいんだよなあ。普段が普段だから。

「太宰府は貿易にも、軍事にも大切な土地ですからね。ただ、太宰府と都のあいだの多禰で、貿易の船の積み荷が海賊に襲われるのが問題だった。都の貴族たちに有無を言わせず、一気にそういう全部を解決したのは、主上の手柄ですよ。奇策を見事やり遂げた」

あなたがやってのけたのと同じ奇策なんですよ、とつけ加える。

同じなんだよなあと思うと、つんと胸が痛くなる。

「どういうものか……夫婦って最終的に似ちゃうんでしょうかね」

ちらりと千古を見る。

「し、知らないわよっ」

千古の目元が赤くなっている。

――そっぽ向いてしまうのも、まあ、かわいいんだけどね。

千古は、恋愛になれてないから、こういうことを言われると、すぐ照れる。

「とはいえ、僕、主上を狙えたの、ちょっと胸がすっとしましたよ」

「え」

「あなた、本気で僕の矢をなぎ払ったし、僕のことたたき切りに走ってこようとしてましたよね。僕はあなたに信頼されてないんだなあって思い知りました」

意地悪く言って、笑うと、千古がしゅんと肩を落とした。

「ごめん」

「謝られても」

そう——謝られてもなあと思うのだ。

千古のあの判断は悪くない。帝を守るための最善の行動だ。

——それに、おかげでちゃんとふんぎりもついた。

千古は、帝と秋光を比較して——ためらうことなく帝を選んだ。

——これが逆だったらどうかなあ。逆に、主上が僕を狙ったとしても、あなたは矢は叩《たた》き落《お》とすけど、主上を切りにはいかないでしょう？

「ところで、僕、あなたが好きですよ。秋長としてじゃなく秋光として」

「え」

千古が固まった。わかりやすい。

秋光はなにもかもがわからないのに、ずっと、千古のことだけは「わかって」いたのだと、あらためて思う。彼女は、秋光から見て、ひどく「わかりやすい」。

「今回の芝居、自分の気持ちを試すためでもあったんですよね。僕には珍しく、自分の心ですらわからないような気がしていたから」

自分で自分の心を把握しかねていたときですら、秋光は、千古の心の動きだけは見てとれた。

ぽつぽつと語る秋光の言葉を、千古は、黙って聞いている。

「動いてみたら、どっちかに気持ちが固まって、把握できるかなって思ったんですよ。本気で主上《しゅじょう》を矢で射貫《いぬ》いちゃったとしたら、そのときはそのときで、うっかりあなたを攫《さら》ってもいいかな、なんて」

とんでもない告白だな我ながら、と思った。

思ったけれど、それもまた本心ではあったので。

「でもあなたは僕の矢を折って、僕に刃を向けたから。……あれ、あなたが橘の大臣より先に僕を切ったら、ずっと計画していたことが台無しになるところだったんですよ。橘の大臣の武勲を奪うところだった。あなたっていう人は、いつも、そう。ここぞっていうときに、とんでもないことをやってのけて、まわりをおろおろさせるんですよね」

「それは……」

千古がもごもごと口のなかでなにかをつぶやいた。「だったらちゃんと教えておいてよ」とか「結局、なんとかなったからいいじゃない」とかそういうことを。

「あなたは、主上を選んだんですね」

とってつけたようにそう言うと、千古が、はっと息を呑《の》んだ。

「僕が秋長でも、そうじゃなくても——僕を選ばないこと、あなたはきっと後悔すると思うけど」

軽い口調で続けたら、千古は座ったまま、後ろにのけぞってから、

「そうね、あなたじゃなく主上を選んだ私を悔やませるような人になってもらいたいものだわ。こんな小芝居で私を驚かせるような人じゃなくっ」

と、秋光の膝をバシッと叩いた。

——そういうことを言うんだなあ。なんで僕はこんな人を好きになっちゃったんだかなあ。

でも、惹《ひ》かれることに理由なんてないのだ。気づいたら落ちているのが恋というものだ。相手の欠点すら魅力に見えて、手を焼いて、じたばたとあがいても、惹かれる気持ちを止められないのが恋だ。

もし自分たちが結ばれたなら、いずれ心のときめきが静かに凪《な》いで、欠点は欠点のまま、それごと相手を抱きしめたくなる優しい気持ちになれるのだろうか。

そんな未来は——秋光と千古のあいだには、ないのだけれど。

「いいですよ。あなたを悔しがらせるような暮らしをします」

ふと、口をついて出たのはそんな言葉だ。

「僕は都を離れて、何処《どこ》とも知れずに旅をして、あなたが絶対に見られないような景色をこの目に焼き付ける。海を渡って、雁道《がんどう》を渡って——虎と龍も見てきましょう。もしかしたら捕らえることだってできるかもしれない。あなたが都とあの男に縛られているあいだに、僕は冒険を続けるんだ」

考えていたのだ——想見《そうけん》の庵《いおり》で鬼と語ったときから。

どちらにしろこの小芝居の結果、秋光は、都を追われることになる。謀反を起こして殺された人間が都に戻ってはならないから。

——もし彼女が僕に攫われてもいいと言い出したら、ふたりで都にいられるものでもないし、どちらにしろ旅立つことになったんだろうし。

という、そういうところまで練り上げてこの計画を組み立てた帝《みかど》という男は、ちょっと、頭がおかしいのではと思わないでもない。絶対に自分が選ばれる自信に満ちあふれているか、よほど千古のことを溺愛し彼女の幸福を祈っているかどちらかだ。

「冒険の合間に、僕はあなたに文を書きましょう。あなたが悔しくて、羨ましくて、地団駄を踏むような楽しい毎日を、文にしるして送る」

千古が少し、痛そうな顔をした。なにか大事なものを諦めるとき、人は、そういう表情を浮かべる。

「そうね。そうしたらいい」

それでも、彼女は、秋光の手を取らない。知っている。帝に弓を向けたときに、はっきりと知ってしまった。千古は絶対に秋光を選ばない。

なのに——彼女の頬をほろりと涙が滑り落ちる。

「なんで泣くのかな。振った側が泣いてどうするんです。あなた、実は僕のことすごく好きでしょう」

「うん。すごく……好きだった。昔のことよ」

小声で千古が言う。

「昔好きだったなら、未来にまた好きになることも？」

ひそひそと言うと「ないわよ」と即答だった。

「ありますよ。だって僕ですから。でも——それでは染殿の天狗《てんぐ》になってしまうから、身を引きます。あなたのために」

ほろほろと転がり落ちた涙は、いまの秋光の言葉で引っ込んだようである。

呆《あき》れた顔になって「そんなことを言わないでいた秋長のほうが好きだった」と嘆息する千古に、

「知ってます。だから、わざと言うんです。あなたがこんなに素敵な僕を忘れられるようにね」

と秋光は答えたのだった。

秋長じゃないとは、もう言わなかった。どちらでもいい。どちらにしろ自分は振られたのだから——。

終章

反乱を制した帝たちが都に戻り――。

西の地での討伐を終えて都に戻ると、天狗の祟《たた》りと、染殿《そめどの》の天狗の祟りは、帝と正后《せいごう》がここまでに積んできた功徳と、陰陽寮《おんみょうりょう》の施した呪術のおかげで無事に祓《はら》うことができたと報告があった。

少なくとも陰陽寮は、帝に、そう言ったのだとか。

おかげで、帝も千古《ちふる》もまた、ある程度好きなように歩いてまわることを許される身の上に戻った。

都に巣くっていた秋光《あきみつ》という鬼がひとり討伐され、西の海賊は退治され――橘《たちばな》の大臣《おとど》は武勲により、都での「橘の大臣」の立場もそのままに兼任で太宰師《だざいのそち》の地位を得て、太宰府に妻を伴い赴任した。

慌ただしくしているうちに月日が過ぎ、三月――桜の花があちこちで咲きだした。

橘の大臣たちを見送った千古は、成子《なりこ》掌侍《ないしのじょう》と典侍《ないしのすけ》を伴い、想見《そうけん》和尚の小さな庵を訪れる。

秋光の得度式のためである。

得度式とは、仏門に入る前に行う式で、剃髪《ていはつ》をし、法名と袈裟《けさ》を授かるものだ。

いま、庵にいるのは、秋光と想見、そして千古たちであった。

「あなた、まさか本当に仏門に入っちゃうとはねえ」

と言いながら、千古は、神妙な顔つきで床几《しょうぎ》に座る秋光の髪をちょきんと鋏《はさみ》で切る。

仏門に入る前の髪のひと削《そ》ぎも剃髪も、想見の手では心許《こころもと》ないから手伝ってくれと言われれば、やるしかないではないか。それに、やっぱり自分たちで見送りたかったのだ。

髪の束がはらりと床に落ちる。

「年頃になってから、あなたの烏帽子《えぼし》を脱いだ姿見たことなかったもんなあ。あなたのつむじ、ここにあったのね。曲がってる」

つんと、つむじを指先でつつくと、秋光が心の底から嫌そうな顔をした。そんな顔をするなら、まだまだ仏門は遠いのではないかと思わせた。

もう誰も、彼が秋長《あきなが》なのか秋光なのかを問わない。

問わないまま、彼がかつて秋長だったことと、いまは秋光という男であることを受け入れている。

秋光がそのようにまわりに望んだというよりも、自然とそういうことになったのだ。顔も声もなにもかもが同じなのに、いまの彼はやはりどこかが秋長とは別人なので。

——そして彼はもう秋光でもなくなるんだわ。

「法名、もう決まったの？」

と尋ねると「はい。行宜《ぎょうぎ》です」とさらっと言われる。

「行宜って、あの行宜？」

「はい。あの行宜です。実は行宜ってひとりだけの名前ではなくて、交代制なんだそうです。おかしいなと思ってたんですよね。ひとりでたくさん移動して、何百年も見てきたみたいな書が残ってるの。当代の行宜が亡くなられたとのことで、僕がその名前をいただけるって。こういうのは縁で、運命かなって」

とことん軽い言い方で、とんでもないことを言う。

千古は絶句したまま、鋏を典侍に渡した。

「行宜は長生きしすぎなので、そんなことかと思っておりましたが。まさか身近な人間が大層なその名を継ぐとはねえ。……あら、なんだか見覚えのあるつむじですこと。どれ」

と典侍がつぶやいて、ふ、と微笑《ほほえ》み、秋光の髪をつまんで引っ張った。

「痛っ」

秋光が思わずというように声をあげる。身体《からだ》が斜めになっているから相当強く引いたのだろう。

「痛いことありますか。たかがこの程度で。血も出てないし、毛も抜けてない」

と典侍が言い放ち、有無を言わさず、引いた髪の先にちょきんと鋏を入れる。引っ張られた髪は典侍の指のなかに残り、床には落ちない。典侍はそのままそっと髪の束を用意していた懐紙に包んだ。大事そうに懐にしまうのを、そこにいるみんなは、見ているけれど、見ないふりをした。

鋏は成子に渡される。成子の目は涙で濡《ぬ》れている。

「あなたが選んだ道に祝福がありますように」

成子は優しい手つきで、秋光の髪をつまみ、先端をかすかに切った。

「……髪の切り方にも性格と僕に対する想《おも》いが出ている」

秋光の小声に、

「それがなにか？」

と千古が返した。

「別に。なんでもありません」

想見はなにも言わず黙って傍らに座っている。実に善良そうな笑みを浮かべている。

この後は潔く髪を切っていき、ついで、つるつるとそり上げてしまえば完成だ。

ある程度短くするまでは鋏で切り、仕上げの剃刀《かみそり》は、手先が器用でかつ一番性格のいい成子に頼もうということに話はついている。

成子が大きな鋏を手に取り「切りますよ」と声をかけてから、切っていく。

静かな庵で、鋏の音だけが響く。

「ところで、成子掌侍。ひとつ聞きたいことが」

秋光が口を開き、

「はい。なんですか」

と成子は手を動かしながらそう応じた。

「あなた、征宣《ゆきのぶ》とおつきあいしているんですってね。内裏の若い公達《きんだち》が地団駄踏んで悔しがってましたよ。あなたは、なんでもできて、慎《つつ》ましやかで、優しくて……みんなが狙っていたのに、よりによって薬ばかの征宣と結ばれるなんてって」

成子の頬がぱっと赤く染まり——千古は「え」とひと言だけ発して固まった。

想定外の問題発言である。

「征宣ってあの征宣？　そうよね。他に薬ばかの征宣はいないもの。どうして。なんで。結ばれるってどういうこと。好きな殿方がいるって征宣だったの。私に似たところがあって、和歌を詠まない内裏の男……」

千古は「うわあっ」と声をあげ、頭を抱える。

「たしかに。私に似てるし、和歌は詠まない!!」

「……はい」

なにが「はい」か不明だが、成子は小さくうなずいた。

しかし、手は動いたままだ。

「征宣のどこがよかったんですか」

秋光の質問に、成子が、おっとりと応じる。

「薬と医療のことになると寝食を忘れて没頭して、うっかりすると、自分が倒れちゃいそうになるところを見て、ほおっておけないなあって」

「誰かさんみたいですよね」

秋光が言う。

「ええ。そうなんです。千古さまに似すぎてて、気づいたら、征宣さんの世話をやくようになってしまったんですよ。征宣さんて、いつも装束のどこかがほころびていて、袖なんかすり切れているじゃないですか。それで、他のことをするついでに繕ってさしあげたら、〝ありがとう〟って笑顔になって……その笑顔が、すごく、なんていうか」

「わかりますよ。征宣の笑顔は邪気がなくて、素直ですからね。子どもみたいな笑い方をするからなあ。そこがいいなって、思ったんですよね？」

「はい。他にもいろいろあるんですけど、一番は、それです」

衝撃すぎて、千古は無言になってしまった。

「癖はあるけれど、心根はまっすぐで、気のいい男ですもんね。案外、ああいうのと結婚するのがいいのかもしれない。気配りはできないし出世もしないでしょうが、嘘《うそ》もつかないし浮気もしない。成子掌侍のことを大事にしてくれる男ですよね。成子掌侍も幸せになってくださいね」

にこっと笑って秋光が言うと、成子が「はい」とうなずいた。

秋光と成子は、ほわっとまとめて、話したいことを話し終えたていでいるけれど——。

「成子っ、なんでまた征宣と」

千古がやや前のめりになって口を開くと、秋光が鋭い一瞥《いちべつ》を寄越して冷たく言った。

「思うところがあるのだとしても、僕の剃髪が終わってからにしてくださいね。いいですか。他はさておき、今日は、僕が主役です」

「だったら、どうして、いま、その話を出したのよ!?」

くってかかると「あなたが知らないとは思ってなかったんで。だってあなた、掌侍の側にずっといるんですから、普通にしてたら気づくでしょうに。本当にあなたは、こと色事に関しては目端が利かないんですね」と呆《あき》れられた。

「だって、成子が打ち明けてくれるまで待ってたのよ。なんで私になにも言ってくれないのよ。別に反対なんかしないのに」

ぽつりと言うと「忙しくて、打ち明けそびれました。ごめんなさい」と成子が謝罪する。

「忙しくってって」

「忙しかったじゃないですか。千古さまは船に乗って反乱軍を制圧しにいってしまわれて、打ち明けるどころじゃなかったですよね」

厳しい口調で言われてしまうと「そうだね」と言うしかなかった。

と――。

「そういえば桜《さくら》の大臣から〝これからもいろいろと頼む〟と伝言がありました」

典侍が口を開いた。

これはこれでまた問題発言である。

剃髪して僧になって都落ちをさせる対象に「これからも」「なにを」「いろいろと頼む」つもりなのか。

しかも典侍経由で、それを言うのか。

「勘弁してくださいよ。僕、僧になってからもあの人の世話をしなくちゃならないんですか。桜の大臣、人使い荒いんですよ。それは、あなたたちみんなが同じですが」

案の定、秋光が、うんざりとした様子で応じる。

「その心構えもなく僧になろうとしたのですか」

典侍の返事に秋光が微妙な顔になった。

「心構えって、なんですか？　僧侶になるなら政治の場から遠ざかると思って当然でしょう」

と言い返した秋光に典侍が「まさか」と言った。

「あなたが都に見切りをつけて去って行くのは、あっぱれな判断だと私は思っておりましたが、そこまで読んでいたのではなかったようですね。なんだか残念です」

残念ってと、みんなが顔を見合わせた。

典侍はなにを言い出すのやら。

「いいですか。貴族の世界はもうそろそろ終わりを迎えるでしょう。この後は、武士と僧侶と官僚の駆け引きがはじまります。東宮を巡って都のなかでだけ出世争いにしのぎを削る時代は終焉《しゅうえん》。止《とど》めをさしたのは千古さまと主上ですが」

最後のひと言は、ひっそりとした小声である。

「大臣たちも一新されてもう少し時間が経《た》てば、現場の仕事と、いま生きている民びととのことを熟知している官僚たちと、主上とのあいだで、政治の駆け引きがはじまるのですよ。それを見越してあなたは僧侶になるのかと思っておりました。都で貴族の手下になっていても、いいことなんてひとつとしてないのですから」

「……違います。僕はそこまで読んでない。僕はただ、修行の道を究めて、あとは静かにひとりで暮らしていこうかなって。でも……そうか。そうですね……ああ、そうか。そうなるか」

狼狽《うろた》えたように秋光が言う。

「でも、やりません。僕は、やりませんよ」

続いた言葉に、千古が「うん」と応じる。

これに関しては、秋光に同意する。

やらなくていい。もう、自分自身が幸せになること以外、なにひとつとしてやらなくていい。なんでもできる男だからこそ、なにひとつしなくてもいいのだと思う。

「やらなくていいよ」

と、千古は、言った。

「あなたは……あなたの生きたい道をいって欲しい。雁《かり》の道を渡って龍と会って、私を羨ましがらせて欲しい」

——もう縛らない。すがらない。頼らない。

そうしたら秋光は「それはそれで、なんだか寂しいですね。どこにでもいけって言われるのって」と、小さく笑った。

当たり前じゃない、と千古は思う。

ひとつの別れで区切りなのだもの、寂しくならないわけがない。

「私、あなたの幸せを祈ってる。本気で祈ってる」

想いが溢《あふ》れて唇から零《こぼ》れ落《お》ちると——。

「そういうところ！　いまのあなたに幸せを祈るって言われるの、どうかと思う。お互いの立場と関係を考えて言葉を発してくださいね。人によっては傷つきますよ」

秋光が即座にそう返してきた。

「うん」

でも、と秋光が苦笑して言葉を続ける。

「でも、僕も、あなたたちみんなの幸せを祈ってます」

秋光はそういう男なのだ。

「それに、僕は、いまこのときも、あなたが思っているよりずっと幸せな気持ちでいるんですよ。この国が豊かになって、みんなが喰《く》うのに困らない平和な毎日が続くのであれば、僕にとっては、それがなによりの幸せなんです」

なんでもできて、いつも貧乏くじを引いてしまう、見目麗しい男は、誰かひとりだけに向けての恋心ではなく、もっと大きなものが自分の幸せなのだと、笑ってみせたのであった。

その日の夜、綺麗《きれい》に頭を剃《そ》った秋光が袈裟《けさ》を身にまとい、新しい行宜が都を旅立った。

後に月薙国雷雲帝《げっていこくらいうん》の御代《みよ》は貴族たちによる最後の栄華の時代だとさまざまな書をもとに

して語られる。それまで荒れていた国を雷雲帝が統治し、貴族たちの暮らす都はずっと華やかで麗しく、帝《みかど》はそんな中央と地方とを——貴族と鬼と民びとたちとを——ひとつにまとめあげ大いに栄えた。

妖后《ようごう》は子を生《な》すことはなかったが、雷雲帝は生涯、妖后を愛し、死の間際までふたりは共に過ごしたという。

雷雲帝と妖后は、まさしく比翼連理の夫婦であった。

そうして、後の人びとが雷雲帝と妖后の御代を語るとき、彼らが読み解き参考にしたのは行宜の書であったという。

※

吾《あ》は雷雲帝と妖后の統べる平らかな御代に行宜の名を継いだ
月薙国において行宜はひとりならず
名を継ぎ立場を継ぎしるしを残す
雁道《がんどう》はかりのみち
吾はその道を行く

【月薙国行宜図・行宜残闕《ざんけつ》日記】

【参考文献】

・『刀伊の入寇　平安時代、最大の対外危機』関　幸彦／中公新書
・『平安の春』角田文衛／講談社学術文庫

あとがき

こんにちは。佐々木禎子《ささきていこ》です。

たくさんの読者さまに長く読んでいただいた『暁花薬殿物語』。

皆様の応援に支えられて、最終巻に辿《たど》りつくことができました。

そう。今作、第八巻が最終巻なのです!!

というわけで、いままでは書いてこなかった「あとがき」を今回だけ書かせてもらうことにしました。

ネタバレな部分もあるので、ここで一旦、まわれ右をして本文読了後にこちらの「あとがき」を読んでやってくださいませ。


このお話は「平安風」の後宮もので、架空の国のお話で、時代設定や用語などがふわっとしております。

なぜストレートに平安時代にしなかったかというと、一巻めを出してもらったときは、まだ、いまみたいに平安時代の話がジャンルとして受け入れられてはいなかったからです。

あちこちで「書きたい」と言っては、編集さんたちから「平安は無理です」「難しいです」と断られたため、私は、学習（？）し「これは平安風のお話であり、平安時代ではない。架空FT（ファンタジー）である」とプロットを提出したのでした。

でも、その結果、本来ならばあり得ない形での政治の役職の復活や、後宮の女性たちの共闘の物語を書ききることができました。

平安時代に縛られていたら、この物語はできなかった。

ラストを書き終えたいまとなっては「平安風を選択して、よかった」と、しみじみとそう思っています。

ところで作者は、みんなそれぞれに幸せに向かって歩いていけるキャラばかりだと思って筆を置いたのですが……いかがでしょうか。恋を選ぶ者、愛を選ぶ者、仕事ややりがいを選ぶ者などなど、いろんな岐路があったわけですが、みんなラストは自分で選んで進路を決めて歩いていきました。

幸せになろうと思いながら、進む。

彼らはこの八巻の後も、ちょっとだけ不満や不幸も抱きながらも、それぞれの形で、幸せに生き、消えていきます。

第一巻を書いたときすでにこの終わりの形を想定していたのですが、ちゃんと書けたのは、ここまでおつきあいくださった読者の皆様のおかげです。本当にどうもありがとうございました。

綺麗《きれい》な形でラストをしめられて、私も幸せです。

また別な物語で、お会いできますように——。

富士見Ｌ文庫

暁《きょう》花《か》薬《くす》殿《どの》物語《ものがたり》　第《だい》八《はち》巻《まき》

佐《さ》々《さ》木《き》禎《てい》子《こ》

2022年12月15日　初版発行

発行者　山下直久
発　行　株式会社 KADOKAWA
〒102-8177　東京都千代田区富士見2-13-3
電話　0570-002-301（ナビダイヤル）

印刷所　株式会社暁印刷
製本所　本間製本株式会社
装丁者　西村弘美

定価はカバーに表示してあります。

◇◇◇

●お問い合わせ
https://www.kadokawa.co.jp/（「お問い合わせ」へお進みください）
※内容によっては、お答えできない場合があります。
※サポートは日本国内のみとさせていただきます。
※ Japanese text only

ISBN 978-4-04-074570-1 C0193

薔薇十字叢書

桟敷《さじき》童《わらし》の誕《いつわり》

著／佐々木禎子　イラスト／THORES柴本　Founder／京極夏彦

「ずるいぞ。本物の妖怪ならば僕も見たい」
榎木津、映画館に現る

関口の“弟子”から映画館に繁栄をもたらす妖怪・桟敷童の噂を聞いた榎木津は、下僕を従え妖怪探しに乗り出した。だが榎木津が見たものは美しい少女の死体で……。童を生み出す女は鬼か神か。京極堂はどう幕を引く?